高腔

马平／著

天地出版社 | TIANDI PRESS

图书在版编目（CIP）数据

高腔 / 马平著. —成都：天地出版社，2018.3

ISBN 978-7-5455-3504-4

Ⅰ. ①高… Ⅱ. ①马… Ⅲ. ①中篇小说—中国—当代

Ⅳ. ①I247.5

中国版本图书馆CIP数据核字（2017）第326830号

高腔

出 品 人	杨　政
作　者	马　平
责任编辑	李　云　李明慧
插　图	杨开甫
封面设计	思想工社
电脑制作	思想工社
责任印制	葛红梅

出版发行	天地出版社
	（成都市槐树街2号　邮政编码：610014）
网　址	http://www.tiandiph.com
	http://www.天地出版社.com
电子邮箱	tiandicbs@vip.163.com
经　销	新华文轩出版传媒股份有限公司

印　刷	北京汇瑞嘉合文化发展有限公司
版　次	2018年3月第1版
印　次	2018年3月第1次印刷
成品尺寸	145mm×210mm　1/32
印　张	5.75
字　数	95千字
定　价	38.00元
书　号	ISBN 978-7-5455-3504-4

咨询电话：（028）87734639（总编室）
购书热线：（010）67693207（市场部）

本版图书凡印刷、装订错误，可及时向我社发行部调换

序

抒写新时代乡村振兴的新诗意

梁鸿鹰

马平最近有点儿"火"。

马平此前好像不太为人所知，一曲《高腔》却令他名动文坛，让人刮目相看，而这一切似乎完全是在人们不经意中发生的。

马平创作的这部反映脱贫攻坚的小说《高腔》，之所以引起人们的深切共鸣，是因为写出了乡村生活的真实状态，勾勒出了乡村人们的生动样貌，简洁而不失厚重，细致而不失灵动，让人迅速沉浸其中，读后回味再三。作品吸引人首先在其艺术说服力，它通过平实的描写告诉读者，多样与差别作为我们这个世界上最普遍的真理，正反映了当下中国的国情，即使是在我们这个古老国度昂首阔步迈向世界第二大经济体的进程中，在这片广袤的国土上，仍然存在着贫富差距极大的现实。中国的乡村有青山绿水，有鸟语花香，有香火永续的文化传统，也有为贫穷所困扰的生活，有琐碎而具体的劳作，还有挣扎与希冀。当然，更为重要的是，当今的中国人不甘于长久的贫穷与落后，人们一直在向贫困宣战，人们在用自己的心血改变一切，在走向共同富裕共同幸福的路途上取得了一个个令人刮目相看的成功。

《高腔》如徐徐展开的一幅原生态乡村生活画卷，把一个名叫花田沟的村子的山崖沟壑、田间地头、房前屋后发生的一切呈现在读者面前，让大家领略到一场脱贫攻坚战前所未有的深度与广度。这场硬碰硬的克难之战是对当今农村生活秩序、节奏与目标的一次全新考验，它首先指向人的思想观念与惰性。脱贫攻坚调动了全社会的舆论关注和物质扶助，但扶志、扶精神、扶思想意识始终是首要任务。扶贫不是"弄来几坨银子，暂救燃眉之急"，如果用来发展生产的资金挪作他用，如果在搬迁建设中反复打个人小算盘，如果村民"见钱眼开、见油水就沾"的病根除不了，连把用来做良种鸡苗的种鸡都下了酒，扶贫任务断难完成。

一切高尚和美好的东西，都是通过平凡的东西达到的。《高腔》同样告诉读者，村民的思想问题不少时候要靠具体的生活改善来解决。精准扶贫是硬任务，要靠一步一个脚印的扎实工作。有多少农户因病致贫、因残致贫、因孤致贫？村子里的道路、天然气、自来水如何才通得上？贫困户如何易地搬迁，通户道路资金从何而来，宅基地复垦之后怎样归属？从一棵树的去留，一间房的垒砌，到一片瓦的颜色，从农户厨房、厕所，到建筑物的门窗、扣板、瓷砖，这些琐碎的、费神的事情都是扶贫工作实实在在的内容。作品塑造的"第一书记"丁从杰、市文化馆馆长滕娜等人物之所以令人信服，就是因为他们有很强的责任感与使命感，有舍小家为大家的精神，有改变农村落后面貌的信念与办法。他们为一个村定期摘掉贫困帽子呕心沥血，对每一个细节兢兢业业，他们因地制宜引进产业发展项目，用自己竭心尽力的付出逐渐赢得了村民的尊敬和拥戴。这些领头人的带动作用已经发出了强劲的光与热，他们的作为让作者感到了"一座戏楼一座拱桥，一条大路一条小溪，一棵古柏一棵花树，一个盆景一个鸟窝，一声布谷一声口哨，一句戏文一句山歌"，都在一齐向贫困发起围剿。

《高腔》有着很美好的质地，这更多地来自正在不断改变的乡村生活本身所洋溢的美好。马平的创作素材与灵感得自四川脱贫攻坚一线的火热生活，他在参加"深入生活、扎根人民"主题实践活动时，感受到了乡村的人们摆脱贫困的决心和毅力，他把自己采访采风后的感悟化为真切的文字，用自己的笔墨挥洒出了这场伟大实践中勃发出来的人性美、人情美、行动美。脱贫攻坚本身作为一场革故鼎新的洗礼，是荡涤心灵的变革。小说中的单身汉牛金锁之所以能够幡然悔悟把"老柴疙瘩"还给米香兰家，柴云宽之所以能够一改玩世不恭和岳父重归于好，就在于他们都发现了自己与现实大踏步前进之间的差距。他们都置身于向贫困宣战的洪流中，思想觉悟和行为方式自然会得到相应的提高。他们曾经怨天尤人、游手好闲，但沸腾的新生活让他们发生了根本的蜕变，让他们一步步摆脱掉了过去压在自己身上的心理负担和思想负担，捐弃前嫌，直面现实，积聚起勇气去开辟美好的未来。小说中转变最大的是米香兰。她一方面坚定地保持着勤劳、孝道和隐忍，一方面以"万事不求人"的自尊离群索居，以至成为村里的一个"孤岛"。她在滕娜等人的帮助下从幕后走向台前，挑起了村委会主任的担子，正反映了新时代浪潮的巨大洗礼和推动作用。

没有对现实生活的热情观照，没有对乡村振兴的深切感应，不可能写出这样具有高度现实感和艺术说服力的作品。《高腔》从四川当代农村每时每刻正在发生的巨变中来，生活的质感赋予其鲜活四溢的感染力，其中川剧高腔作为小说贯穿始终的元素发挥了很好的作用。独具四川风味的高腔和帮腔，还有与之相呼应的薅草锣鼓，与米香兰、米长久、柴云宽一家人的过去勾连在一起，又与他们眼前的生活紧密相关。戏台和唱词串接起一个家庭甚至一个村子的过去、现在与未来，赋予小说起承转合的戏剧化节奏感，而高腔本身提精神壮声势，既有壮怀激烈的高亢，又有千回百转的蕴藉，令作品平添了一种超拔脱俗的神韵。

　　德国文豪歌德在其谈话录里曾经说过，"如果诗人只复述历史家的记载，那还要诗人干什么呢？诗人必须比历史家走得远些，写得更好些"。所谓"走得远些，写得更好些"，就是说作家要发挥自己的主观能动性，要善于对描写的现实进行诗意的升华，要怀着对生活的激情，立足于现实而又能超脱于现实，能够对现实进行理想化的点染，而非亦步亦趋地描摹克隆，从而沦为现实的传声筒。《高腔》鲜明的地域色彩和浓郁的生活气息，得自马平对自己脚下土地的热爱，也得自他对新时代乡村振兴的一往情深。他在这部作品写作前后一直受困于腰腿病，但是，脱贫攻坚一线广大干部群众迸发的热情、力量与智慧激励和鼓舞着他，让他克服了重重困难，让他厚实的艺术功底、深沉的思考与沸腾的生活相遇，也让他诗意化、审美化的匠心有了最为坚实的依傍。

所有这一切，都可喜可贺。

是为序。

（本文作者系文艺报总编辑，著名文学评论家）

我们一起用高腔呼喊，并且回答

马　平

2017年春节过后，我在几年前写长篇小说时落下的腰腿病痛更显沉重，安坐片刻都成了奢侈。事实上，就算没有这个病痛，我也坐不住了。

脱贫攻坚，这个壮美的时代命题，又将在春风里掀开崭新的一页。寒冰既破，鲜花正开，我听见了春天的召唤。

我所供职的四川省作家协会，正精心组织以脱贫攻坚为主题的文学活动，广泛发动四川作家奔赴脱贫攻坚主战场。整装集结，秣马厉兵，我听见了战鼓的催征。

我是从乡下走出来的作家,对农村贫困群众的生存状态,心里是有数的。我也深知,这一场针对贫困的、声势浩大的围歼之战,既传递着深切的体恤和无尽的牵挂,也彰显着坚定的信仰和不屈的壮志。

一棵金弹子,一座老戏楼,在一个乍暖还寒的春夜,倏然间向我逼近,靠拢了。

金弹子,是我半年前在广安市一个贫困村见到的。当时,我带领一个作家小分队在那里开展"深入生活、扎根人民"主题实践活动,参观了一个单身汉经营的小花圃,在那个盆景跟前停留了一会儿。金弹子是从山上采挖回来的,那桩头,那茎干,不知经历了多少风雨,才完成了那么奇崛的造型。那金红的果实,穿越寒冬,让一个春夜平添暖情暖意,并将照耀我走向一片花海。

老戏楼,是我三个月前在绵阳市游仙区乡下采风时见到的,我已经为它写了一篇散文。它名叫乐楼,据说是四川省保护得最为完好的清代戏楼之一。那牢固的戏台,敲锣打鼓,让一袭春风捎来好词好句,并将引领我唱出一段高腔。

那个夜晚,金弹子刚让我坐下,老戏楼又让我起立。我坐立不安,直到两个人物恍然出场,我才渐渐消停下来。他们就是米香兰和柴云宽最初的影子。当年在川剧"火把剧团"演过川剧的这两个人物，正为贫所困，因此他们并没有登上那老戏楼，甚至没有来得及转过脸来，眨眼间就无踪无影。

他们送来了著名的川剧高腔，隐隐约约，一声或者两声。

"高腔"这两个字，就这样正式登场亮相。中篇小说《高腔》，也由此启幕了。

在接下来的一段日子里，我一边治疗腰腿病痛，一边搜罗脱贫攻坚的相关素材。我发现，我和来自基层的朋友说起脱贫攻坚这个话题，差不多都能立即说到一块儿，因为大家都或直接或间接地参与其中。一次，一个市文化馆馆长对我说她头天还在贫困村里忙到天黑，而同时从另一个地方来的人里面，就有一个是在贫困村挂职的第一书记，他正坐在我的面前。

小说中的人物，就这样一个一个冒出来，不断地向我靠拢。

没错，生活一直这样慷慨地赐予着。我当然知道，更丰富的生活空间，在书房和茶室之外。我来不及等腰腿稍好起来，就躺卧在小车后排，开始下乡了。

最先，我去了仪陇县安溪潮村。那个贫困村脱帽之后的面貌，再一次颠覆了农村留给我的记忆。几个镇村干部领着我在村里参观了一个下午，我在离开时一直回望那个山坳，直到把它装进了心里。

　　接下来，我去了蓬溪县拱市村。那个村的第一书记蒋乙嘉，已经当选党的十九大代表。他舍小家为大家的故事，也已经由中央媒体向全国传播。他带领全村人种下的地涌金莲，都快涌上大大小小的道路了。那沉甸甸的花，也让我在做记录时又一次掂量到了文字的分量。

　　一个朋友牵线搭桥，让我见到了阆中市一个贫困村的第一书记。那是一个书卷气十足的女子，工作单位在市级机关，但说起她在村上的工作，却讲得头头是道，让我这个常以熟悉乡村生活自诩的人自愧弗如。

　　我不能在车上久坐的困扰，阻断了我再去访问那个单身汉的小花圃的计划。一个朋友帮忙，在成都近郊大邑县为我联系了一个花圃，我赶过去参观，并且和它的主人成了朋友。那花圃里不止一棵金弹子，我在后来不知给那个朋友打过多少电话，好像要问遍每一棵金弹子的前世今生。

　　我有一个至今没见过面的朋友，因他喜欢我的文字而结缘。他在大巴山深处经营花木，为我发来了无数张野生金弹子的照片。

　　金弹子开路，并非所向披靡。夜深人静，我从书橱中摘出一摞川剧剧本，希望从中得到一些帮助。我的夫人生在川剧世家，一家人都成了我的川剧顾问。我过去知道川剧弹戏《花田写扇》，却是这一回才知道了川剧高腔《迎贤店》。

花田沟，我的心里早有了它的地形地貌，它几乎就是安溪潮村和拱市村的叠加，再添上一座老戏楼。

迎贤店，后来成为我小说的重要一节。

红鸾袄，这个川剧曲牌也在我的小说中适时发声。

我在汶川大地震极重灾区青川县挂职担任副县长时，对国家级非物质文化遗产川北薅草锣鼓非常熟悉。我干脆一不做二不休，把川北薅草锣鼓也搬了过来，参与标注一个山重水复的四川故事。

我在前期所做的这些工作，都不会为我的写作提供任何一条现成的道路，无论是通村还是通户。农村一度被遮饰的问题，已经被脱贫攻坚这个时代壮举逼现出来，不容我视而不见或充耳不闻，也不容我避重就轻或敷衍塞责。

不过，那些"等靠要"的面影很快就淡化了，并没有湮灭我的激情。

倒是有一张美丽的面容，日渐清晰起来。这是一个农村新型女性形象，她就是米香兰。

第一书记丁从杰出场虽然稍晚一步，但他肩负使命而来，虎虎生风。

米香兰的丈夫柴云宽、市文化馆馆长滕娜、村支书牛春枣、单身汉牛金锁、残疾人米长久，他们都有着各自的担当，也都有着各自的声腔。

我已经明白了我的任务，那就是要让花田沟村的每一个人，都发出自己的声音，一齐向贫困宣战。我还必须和丁从杰牛春枣们同步，调动花田沟村一切资源，一座戏楼一座拱桥，一条大路一条小溪，一棵古柏一棵花树，一个盆景一个鸟窝，一声布谷一声口哨，一句戏文一句山歌，一齐向贫困发起围剿。

最要紧的，还有一个老柴疙瘩。它从悬崖边上移走，东躲躲西藏藏，最终粲然亮相，成就了一片花海。

那是一个老桩头。它倔强的茎干，在初稿上是每一枝都结果，在定稿上却是每一月都开花。

那个移换的过程，差不多就是一出戏。

我去拜谒老戏楼那一回，还在绵阳市游仙区观赏过一片月季花海。我有很多关于月季的问题需要请教，就联系上了月季博览园的董事长，她来成都时我们在茶舍见了面。她耐心地听我梳理小说的情节，突然问我，那个让两家和解的老柴疙瘩，为什么是金弹子，而不是那最初救人一命的七里香？

我说，我需要给单身汉牛金锁一笔钱，而七里香卖不了那么多钱……

她说，你不知道，七里香比金弹子更能卖一个好价钱。

我详细询问，这才知道自己没弄明白的，并不仅仅是市场行情。生活又一次现身说教，谁才是真正的老师。

那个在大巴山深处的朋友，又发来了无数张野生七里香的照片。

尽管我已经为金弹子找到了买家，却是说撤就撤。那些词句在我眼前消失殆尽，一果一叶都没有留下，让我一连几天怅然若失。

金弹子换成了七里香，七里香嫁接出了月季。这一条鲜花的道路，就这样从迷途中拽回来。我们这一拨人，就这样天南地北地聚拢来，结成了一个团队，一起为花田沟探寻发展之路。

路越走越宽，磕磕绊绊却依然不断。

那两个第一书记，轮换着成了我的创作顾问。我写到卡壳的时候，一个电话打过去，一条信息发过去，问题总会迎刃而解。

我的一个初中同学一直在乡镇上做领导，他差不多就是一个农村工作的政策匣子。我遇到了他可能说得清的问题，不管是大清早还是大半夜，我都会不管不顾地拨打他的手机。比如，贫困户易地搬迁政策、通户道路的资金来源、宅基地复垦之后的归属，等等。

我没有想到的是，人民文学杂志的老师知道了我的这个写作动态，在关心我身体健康的同时，一直关注着这篇小说的进展情况。如果没有来自《人民文学》的指导和鼓励，很难说这篇小说会是一个什么样的命运。

同样，那些提供帮助的人如果少掉一个，这篇小说也可能有一个或大或小的走形。

高腔，就这样提升了它的高亢与激越。

高腔总会有帮腔。帮腔，正是川剧高腔最为显著的特色。

如果是我在唱高腔，那么，不知有多少人在为我帮腔。

如果是丁从杰米香兰们在唱高腔，那么，我和这个团队一起在给他们帮腔。

脱贫攻坚，正在书写着人类反贫困历史上最为辉煌的篇章。我创作的虽不是鸿篇巨制，但我可以坦诚地说，我在写作全过程中也像脱贫攻坚本身一样，着实花了一番绣花功夫。我不敢有丝毫的马虎和懈怠，在既不能坐也不能站的时候，我只好在椅子上跪下来。

中篇小说《高腔》2017年5月30日定稿，在《人民文学》

2017 年 8 期发表，被《小说选刊》2017 年 9 期选载，据其改编的同名话剧正在紧锣密鼓的排练之中。

我深深地感谢《人民文学》！

我深深地感谢为这篇小说提供帮助的每一个人！

我深深地怀念初稿中的那棵金弹子。它翩然而来领我上路，完成使命之后悄然而去，重新回到了任意一个花圃，或者山野。

我真诚地祝愿现实中的那个单身汉，他也像小说中的牛金锁一样，已经有了如意的生活伴侣。还有，他那一棵金弹子也已经走上了一条更好的道路，果实累累，琳琅满目。

我相信我的腰腿会好起来，好让我继续下乡。我相信我在乡间会遇到米香兰们柴云宽们，我们无论是谁朝对方呼喊一声，都会听到热忱的回答。这是因为，我们已经一起用高腔呼喊过了，并且回答过了。

目录

1

锣鼓

屋前那棵白玉兰树又开花了。这个春天来得早，米香兰却没有留意，那花是不是也比往年早开了一两天。那几天，她只管去留意丈夫柴云宽了。柴云宽又有一点反常，成天像一只蜜蜂，哼着出去，哼着回来。

　　米香兰的父亲米长久长年瘫痪在床，不知有多少年没说过上门女婿一句好话了。这一回，他却对女儿说："大秀才那几点墨水，大概已经写了几个正字呢！"

　　家里只有一台小彩电，一直摆放在父亲屋里。除了轮椅，那就算家里最值钱的东西了，父亲格外爱惜。那电视对父亲也好，这么多年了，竟然只让人修过两次。父亲爱看电视剧，也爱看新闻，尤其是本地新闻。所以，他说："电视上又是锣又是鼓。这个家四张嘴，总得应一声呢！"

米香兰难得有空看看电视，加上从不参加任何会议，所以，好多事都好像瞒着她一样。柴云宽知道她不爱听，往往还是要故意滴一句漏一句。再说，这一回阵势多大啊，田间地头又没有上锁，她怎么会什么都不知道呢？

白玉兰花瓣不断往地上掉了。柴云宽从外面回来，看见米香兰在磨镰刀，就吃力地弯下腰杆，捡起几片花瓣，这就算他一天也做过正事了。

米香兰举起镰刀看了看，锋口上的阳光晃花了眼睛。

柴云宽用花瓣做了一把扇子，扇了几下春风。他说："这一回，没有把我们家漏了！"

米香兰扭身进了灶房。这段日子，她总是变着花样做饭做菜。父亲下半身完全瘫痪，加上不是这样病就是那样病，饭菜总会照顾着他。万幸的是，他的一双手一直能使出一点力气，自己还可以勉强吃饭。但是，只要不是太忙，米香兰一般不会让他自己吃饭。

午饭时间到了，柴云宽却又不见了影子。

太阳正好，米香兰把父亲抱进轮椅，再把轮椅推到白玉兰树下面那张小石桌跟前。然后，她把饭菜端上小石桌，在矮板凳上坐下来，给父亲一口饭一口菜喂起来。

父亲让开了一口饭，换上了几句话："伙食开这么好，

给谁看啊？快来看，这个家并不贫困，吃饭还是不成问题的！"

米香兰不吭声。父亲他爱吃菜就喂，爱说话就听。

父亲叹了一口气："这花田沟，这从前的前进大队，现在成了贫困村，开初我也没有想通呢！"

米香兰赶紧把饭给父亲喂了。

"贫困户，都要先写申请呢。然后，大家来评。村上公示了，然后，镇上还要公示……"

筷子又夹起了菜。

"锣鼓一槌应一声。"父亲说，"这锣是锣鼓是鼓，你却要装起当个聋子。"

米香兰又赶紧把菜给父亲喂了。

"吃了上顿没下顿，还说买马去周游！"

父亲大概又把薅草锣鼓搬出来了。爷爷和父亲都当过薅草锣鼓唱歌郎，方圆几十里都有名声。父亲说话，时不时会冒出一句两句唱词。

"这村里谁不知道，这个家的憋屈，根子在我身上……"

"爹，"米香兰轻轻叫一声，"你又这样说！"

父亲吃了菜，不再说话。他那颤抖不停的手，把筷子要了过去。

米香兰站起来，顺着下方的一坝庄稼望过去，在石拱桥那儿停下来。她再顺着一面山坡望上去，那座旧戏楼在太阳下面好像变高了，她的眼睛就又花了。

　　从小到大，米香兰都一直相信，父亲走夜路一步踩虚，从那石拱桥上跌了下去。她知道真相的时候，已经从高中退学去学唱川剧，并且和师兄柴云宽好上了。同村的牛春枣一直追她，听说心上人被一个既会唱戏又会写诗的英俊小生抢走，绝望得拿脑袋砸墙。一天黄昏，米香兰回家来，在路上遇到了牛春枣的母亲。那女人一见她就扭过头，对跟前的一棵树说："树啊，你没在夜里做过贼吧？那你变成一个仙女，给我做儿媳妇！"

　　她含着眼泪回到家里，母亲陪着她哭了一场。

　　米香兰出生在青黄不接的季节，还差五天才满月，家里的口粮却管不了两天了。父亲在夜里上山去摘生产队的胡豆，被一个人跟踪上了，结果慌不择路坠下了悬崖。天亮以后，爷爷上山寻找，突然看见崖壁上的一蓬七里香兜着他的儿子。七里香开了一大团花，而他的儿子只有小小一撮，都看不清脸朝上还是朝下。

　　那一夜，一个二十五天的孩子竟然一声也没有哭。米香兰长大成人以后，却用了不知多少个夜晚的痛哭，把那给补上了。

母亲后来见了牛家那个女人，立即扭过头大声喊远处的一棵树。她说："树啊，我告诉你，我的男人当年是为我摘星星掉下来的！他为了我，血盆子里洗过澡，刀尖子上跌过跤。但是，树啊，你就是变成了一个仙女，他也不会跟你挤眼弄眉毛！"

母亲有一副好嗓子，也会时不时像父亲那样用唱词说话。女儿的嗓子却更好，并且比母亲有一副更好的模样。米香兰已经出落成了一枝花，早有人喊她"戏人儿"。因为她去的是"火把剧团"，又有人喊她"火把女子"。"火把剧团"不过是业余剧团的一个戏称，那时候即便没有电灯也有煤气灯，夜间演出已经不再用火把照明。母亲喜欢看戏，一心指望女儿被县剧团招去当了正式演员，她说她往那儿一想浑身都是劲，所以，"火把女子"她不爱听。

米家几代单传，到了米长久这儿出了大岔子。米香兰知道，父亲开初就看不上柴云宽，母亲的态度却正好相反。母亲入了戏，父亲只好依了。事实上，当时一起唱戏的姐妹都觉得柴云宽不配，米香兰却是一句也听不进去。柴云宽并不嫌她有一个瘫痪的父亲，并且都同意做上门女婿了，还要怎样呢？

母亲独自一人种着一家五口的责任田，还修了四间"尺子拐"房子，并且先后把两个老人送老归山。"火把剧团"在农忙时节是不演戏的，米香兰回到家，母亲却舍不得让她的兰花指拈一点农活。一天夜里，母亲关着门给父亲洗澡，屋里传出了歌声。米香兰偷偷站在门外，没听几句就羞着了。后来她知道了，那是父亲和母亲在比赛唱薅草锣鼓歌呢。

谷子收回来了，母亲又可以缓一口气了。她知道，柴云宽第二天就要从八里坡过来，接上女儿一起回剧团。她要用新糯米为一对才子佳人打糍粑。夜里，她坐在灶前烧锅，灶火映亮了她的脸。她一高兴，就要女儿教她唱一段川剧。

米香兰教的是川剧高腔《绣襦记》的一个唱段。她先给母亲讲了讲剧中人李亚仙与郑元和，再告诉母亲，这一段的曲牌叫"红鸾袄"。

"红鸾袄？"母亲说，"多好听的名字啊！"

郑郎夫未把前程放心上，
倒教奴心中暗着忙。
好男儿应该有志向，
须做个架海紫金梁。

母亲很快就会唱了。她还想往下学，但身子一歪，说睡就睡着了。她好像已经把糍粑打好，好梦都跑到她的脸上来了。

米香兰怎么也不会想到，她那次离开家以后，就再也见不到母亲了。

母亲走时，已经入冬。那天傍晚，她已经没有力气上灶，就早早上了床。事实上，她的身子已经肿了快一个月，但她不想让女儿知道，父亲也没有办法。她甚至也没有力气说更多的话。她只说，睡一觉起来，到镇上医院抓一服中药，就好了。

那天半夜，父亲从床上滚了下来。他爬到门口，长长地喊了一声。

米香兰认为是自己害死了母亲。她当时是真不想活了，给自己设计了若干种死法，包括从父亲坠崖的地方跳下去。要不是柴云宽守着她寸步不离，她早就沾二世人了。

父亲自然也想死。他一再绝食，最终还是女儿的泪水让他张开了嘴。

母亲毕七那天，米香兰在家里一直没有起床。夜里，柴云宽实在熬不住，睡着了。米香兰起了床，摸黑到了母亲坟前。她跪在地上点燃纸钱，让火光照亮母亲的坟头。她说：

"妈，你歇够了没有啊？今天，我要把上次没唱完的那一段戏，都教给你。妈，我们接着唱红鸾袄啊……"

天上飘下了零星的雪花，纸火熄了。米香兰站起来，好一阵开不了口，好像在等待锣鼓。她还没满十九岁，但她知道，这将是她最后一次唱戏。她在心里默念着母亲唱过的戏，匀了匀气接上了。然后，她唱一句就停下来，那是要把时间留给母亲。

古今来多少好榜样，
媲美先贤理应当。
愿君家怀大志风云气壮，
休得要恋温柔儿女情长！

米香兰听见了母亲的声音，看见了母亲那被灶火映亮的脸。而在远处，人们听见坟地里一腔唱一腔停，以为米香兰已经疯了。

2

布谷

戏楼建于清朝晚期，石拱桥却更早一些。因此，这儿从前叫拱桥沟。人民公社时期改为前进大队，到了又要掉头叫村的时候，上面却规定一县之内村名不能雷同，另一个拱桥沟不知凭什么就占了先。戏楼叫乐楼，乐楼沟却好像不大顺口。比来比去，村名只好在沟底的坝子上落了脚。那片开阔的田地叫花田坝，住在坡上的人却又对花田坝村有意见，因为那等于把他们排斥到了村外。最终，上面拍了板，叫花田沟村。

"花田"两个字是怎么来的，却又说法不一。柴云宽说有一出川剧叫《花田错》，还分出了一个折子戏叫《花田写扇》，那里面的故事就是这沟里出去的。当然，没人相信他的话。要说错，花田沟排第一的姑娘米香兰跟了他，那才是一步走错步步错，大错特错。

写扇？写散吧？写嘛，看看散不散。

柴云宽从二十里外的八里坡入赘到花田沟，并没有改名换姓。结果，大家都看到了，尽管这个人是一团糊不上墙的稀泥，米香兰和他却一直没散。

花田坝中央那块麦田，就是他们家的。单看那麦子每年的长势，谁也不会相信，他们那个家都已经掉到沟底了。

那块麦田上午开镰，村两委又通知下午要开会了。

村上的学校撤了以后，校舍做了村委会，和戏楼面对面。柴云宽从家里去村委会有两条路可走。大路远一点，开头要下一道小坡，然后穿过花田坝拐上古驿道，从枫树林里爬上去。小路近一点，开头要爬一道小坡，然后全是平路，只不过随着山形有两个小弯一个大弯。

柴云宽不待见那大弯里住着的一个光棍，很少走那条小路，这一回却不得不走近路赶一点时间。每年农忙时节都一样，米香兰除了管一管猪，只顾着自己去下地。他腰杆上有伤病不能去割麦子，在家里却并没有闲着。家里那一堆零碎活路，害得他开会都要迟到了。

一辆小车从村委会开出来，下了一道缓坡，过了一座平桥，再上了一道缓坡，在垭口的一棵大柏树下面消失了。

柴云宽真迟到了。会议室后半部分没有一个空座，他在第二排坐下来。右边和背后坐着他的两个扑克搭子，也是对头。一个在他右耳朵边上说，镇上干部已经陪着县上干部走了，省上干部倒留了下来。另一个在他背后说，市上的人说是过几天来，我还想怎么提前来了一个，原来是你。

　　台上坐着三个人，一边是村支书牛春枣，一边是村主任米万山，中间那位不认识。牛春枣正在讲话，柴云宽不爱听，脑袋偏向右边一问，原来中间那位是省上给这贫困村派来的第一书记。

　　柴云宽刚把腰杆挺直，就轮到第一书记讲话了。

　　这个年轻人面相不错，嗓子却不好，好像叶子烟熏出来的。他那四川话，又好像是装出来的。他讲的也是一些大话，却一听就知道，水平比牛春枣高多了。

　　他说："从今天起，我就是花田沟村一员了，我就要用'我们花田沟'来造句了。我们花田沟……"

　　靠窗的一个人突然喊起来："第一，说钱！"

　　背后的那个扑克搭子跟着喊起来："第二，说票子！"

　　牛春枣立即就把桌子拍响了："第三，说人来疯！"

　　第一书记抬起双臂，好像要撑着桌子站起来，结果却是把双手向下使劲一压。他大声说："总之，先说会场纪律！"

会场上渐渐安静下来。

柴云宽却像小学生那样举起了一只手。

第一书记看着他："你有话请讲！"

柴云宽清了清他的好嗓子，说："这么有文化的一个地方，为什么成了贫困村？'老第'，你也看到了，主要是村干部没文化，村民没素质……"

牛春枣又拍了桌子："少称兄道弟！"

"第一的第。"柴云宽说，"比如你，老牛。你这什么文化！"

牛春枣还想拍桌子，看见"老第"对他摆了摆手，就把手放下来。

柴云宽接着说："我知道，老牛，你现在排第二……"

"我来这儿不是排座次的！""老第"打断他说，"你来迟了，没听介绍。我姓丁，叫丁从杰。你贵姓？"

"免贵姓柴。"

靠窗的那个人说："他免贵姓米！"

柴云宽扭过头去："你爷爷姓米！"

米万山一直勾着头，那样子就像在打瞌睡。他突然抬起头，说："你们都没有念过书吗？"

"老第"立即站起来说："这儿从前是一间教室，你们拿我当新生了，是不是？"

"这儿也不是演戏。"牛春枣也跟着站起来，"要演戏的出去，戏楼是现成的！"

会场上又闹哄哄的，哪个扑克搭子好像说了，走！

柴云宽站起来，端着一副身板向外走，就没听那个烟锅巴嗓子还说什么了。

会场上却传出了一阵掌声。

柴云宽在操场上一边走一边等，没有一个人跟出来，只好硬着头皮从戏楼旁边走了下去。枫树林里的空气比会场上好到哪儿去了。他顺着古驿道朝下走一段，然后转身朝上爬一段。路旁有一棵弯腰杆枫树，正好可以让他把身子斜靠上去。林子并不密，他顺着小溪一路往下看，溪边那一片密匝匝的人家只露了一些顶。自家的房子在小坡上，一片瓦都看不见，他却看得见自家的麦田，还有米香兰的背影。

他第一次被米香兰带回家来，就是在这片麦田里见到了岳母，他最初看到的就是割麦子的一个背影。岳母在世时对他太好了。这会儿，那背影有点混淆，让他的鼻子有点发酸。

当年岳母走了，他把眼睛都哭红了。他在下雪的时候写了一首诗，题为《布谷》。

那以后，布谷每年一叫起来，柴云宽都盼着它尽快歇下来。布谷飞进诗里是一种鸟，留在现实中又是一种鸟。他光听着那叫声都累。布谷，它可是飞着吆喝不腰疼。柴云宽也一直想飞，远走高飞。但是，米香兰还没怀上孩子，他就哪儿也去不成。布谷催收也催种，他在夜里一点不懒，米香兰身上却是一直没有动静。他当然知道，自己早已有了一个懒名声，那也怪不得他，因为他天生就不是务农的料。他要是生在城市，唱戏，写诗，哪一样都不在话下。他有一副好口才，却又不适合做生意，因为他把什么话都藏不住，光是一个价钱都会让人一上来就摸了底，所以，他最在行的就是做亏本生意。米香兰挣下一张板，他就要折上一扇门。还好，过了七年，米香兰终于怀上了孩子，他才算终于拿下了一张出远门的通行证，立即就去了大城市。但是，孩子还要等两个月才出生，他就回来了。他说，他在外面拜一个高人学了卜卦，那人给他卜算出来，他要是早几年外出打拼必将衣锦还乡，如今身在异乡却会性命有忧，腰杆受伤或许就是一个报警。事实上，他在外面什么活都干不了，什么苦都吃不了。他也受不了夜里没有女人那个苦。他那腰杆还真让一包东西闪过一下，不过没几天就好了。

弯腰杆枫树好像在一点一点拉直。柴云宽再也找不到合适的姿势，就站起来，看见了戏楼的一只翘角。岳母在世时一直说，她想早点看到柴云宽和米香兰双双登上村里这戏楼演一场戏，结果，戏没有演成，米香兰还点了一个火把，差点把它烧了。

八年前那个冬夜，却真的让他的腰杆留下了一个病根，正好算在外出打工的账上，这些年他正好不再装来装去。那一夜，他蜷缩在这枫树林中的一个草窝子里，直到天亮时米香兰喊了他一声。他在草窝子里就把台词编好了。他想从戏楼上弄一点古董去变钱，正好那女人说她男人在外面找得到买家，就约好夜里一起干。戏楼是大家的，不偷白不偷。

米香兰说："你们本来是去偷个情，你却硬要说成去偷个文物。呸！你要是让我的儿子听见了那个偷字，我撕烂你的嘴！"

柴云宽好歹也听出来，米香兰看在儿子的份上，已经饶过他这一回了。还好，那个女人春节一过就外出打工去了，从没见回来过，后来听说她离婚。柴云宽去镇上的医院看过腰杆上的毛病，但那要花一笔钱，只好忍了。打扑克不费腰杆，他和几个年龄偏大的人组成了相对固定的搭子，诈金花。渐渐地，那成了他的强项。诈金花讲的是"诈"，他认真吸取做生意的教训，表演功夫渐渐就派上了用场。搭子们联手对付他，但他们常常被他的油嘴滑舌弄昏了头，依然不是他的对手。他们下的注头小得不能再小，大一点他就退出，这是原则。他输得最多的一回，是一十三元七角。他赢得最多的一回，是一十八元六角。所以，开初还有人到他家里去讨过赌账，后来就没有那回事了。

3

火把

八年前那一天，柴云宽说他在床上闪了一下，腰杆上的伤病加重了。他吃过早饭出门去溜了一圈，吃午饭时却又说他晚上要去镇上看电影，要米香兰拿钱给他买电影票。他当然知道，米香兰不会给他一分钱，但是，这样请示一下，看电影才会像真事一样。

　　当时已进入腊月。下午，柴云宽在屋角烧了一堆柴疙瘩火，坐在板凳一头，把几颗包谷在板凳另一头撒来撒去。他那是在卜卦。卦相可能不大成功，他就把包谷丢进火堆，让它们炸起来。这样的爆米花也不成功，留在地上会惹责骂，他只好蹲下来一颗一颗拾起来。接下来，他好像发了写诗的兴致，但在一张纸上写出来的是一个女人的名字，赶紧撕下来烧了。纸灰飘在地上，他只得又蹲下来一点一点抹掉。

天色已经不早，他在火堆里烧了三个红苕，把他一个人的晚饭解决了。他把乌手乌嘴洗干净，换上过年才穿的衣裳。他走到院坝边上，扯起喉咙唱起来。

凄凉辛酸，
落拓天涯有谁怜！

米香兰正在责任田里给麦苗追肥，停下来听了听。那是川剧高腔《迎贤店》里的唱词。麦田被粪水泼过，就像下了一场臭烘烘的雨。那戏却更臭，起腔那么高，也不怕把喉咙和腰杆一块儿闪了。她把一瓢粪水泼出去，却没有把一句脏话骂出来。

天色已经转暗，四周的山峰正在拉高。

米香兰挑着空粪桶走上地埂，麦田四周空空荡荡。柴云宽自从去了一趟大城市，就算见过了大世面，成天把小路当大街来走。他刚才那一嗓子，没有什么凄凉辛酸，倒好像是人逢喜事精神爽。他中午说起电影的时候，就已经是那个调调了。剩在村里的女人多呢，他大概是秀才当不下去了，而要去当一个义士了吧？

柴云宽从屋前的小坡走下来，上了花田坝上的大路。他走得很慢，一句戏好像已经把他唱累了。

米香兰挑了一天粪水，身上却还有没使完的劲。她看见柴云宽过了石拱桥，并没有走那条水泥路，而是上了古驿道。她没有多想，就把空担子丢在了地埂上。反正儿子被他爷爷接到八里坡去了。她倒要看看，这夜里到底会上演一出什么好戏。

天说黑就黑了，还好，月亮已经出来。古驿道是石头砌起来的，好像下了霜。米香兰走了一阵，前面不见了柴云宽，后面却又有一个人影子跟上来。她弯下腰杆摸起一个小石头，想停下来不往前走都不行了。

突然，柴云宽迎面走过来。

米香兰好像被路边的大柏树扯了一把，就闪到了那比水桶还粗的树身背后。

没错，柴云宽朝镇上走了一阵，掉头了。他戏唱得不好，却也知道要把假戏做真。他的这一出戏里显然没有米香兰的角色，所以，他好像连大柏树都没有看见。他大摇大摆走过去时，还念了川剧《花田写扇》里的一句台词："昨夜你对我说，今乃'扑蝶胜会'……"

那以后，关于那个夜晚，柴云宽只有一套说词，米香兰却把它改成了一折一折的戏。最后，她自己也相信了，她早就知道柴云宽会杀回马枪。她还相信,她早就知道柴云宽会绕过石拱桥去戏楼,而她自己直接跨过石拱桥,从枫树林中爬上去,提前在戏楼旁边埋伏下来……

事实上,米香兰比柴云宽晚到一步,却又比那女人早到一步。戏楼那儿也有大柏树,把她扯过来扯过去,但她还是看见了柴云宽上梯子的背影。

那个女人突然冒出来时,天上的云好像把月亮遮了一下,又突然打开了。

果然是那个狐狸精。她的丈夫外出打工了,她成天在花田坝上走过来走过去,就像冬天里也要叫春一样。她上梯子的那个腿劲,又像接下来会把戏楼蹬翻一样。

磉礅托着木柱,戏楼有好多条腿。米香兰发现自己钻进了它的胯下,已经不会出气。她的心跳声要是加重一点,那些硬撑着的老木头大概也会立即塌下来。

但是,楼板上面静悄悄的,什么戏也没有。

即便是"扑蝶胖会",蝴蝶翅膀也该扇起一点声音吧?

这时候,米香兰才发现,那个小石头一直攥在手上。

事实上,柴云宽一上戏楼就看见了米香兰,并且以紧急的手势向那个女人报了警。他们其实都说了话,只不过小得像蚊虫一样,不像他们上午在池塘边上相遇时说得那么火辣，那么无所顾忌。

米香兰不再等下去，一蹦就到了操场上。

戏楼对面是村上的学校，儿子再过半年就要在那儿上小学一年级了。

月亮明明晃晃，戏台空空荡荡。

小石头飞上了戏台，不知击中了哪朝哪代，发出"砰"一声响。

然后，米香兰从那条小路跑回了家。

柴云宽却抢先从戏楼上往下冲，还在梯子中间就下了地。

那个女人从梯子上走下来，没有拉他一把，甚至都没有看他一眼。

米香兰回到家里，把一盒火柴揣在身上。她大声叫爹，问："戏楼那儿，从前真有一个寺庙吗？"

"乐安寺啊！"父亲说，"1971年，拆了，修了学校了。你就是那年生的。那时候舍不得好田好地，但娃娃读书要紧啊……"

"那烂戏楼，怎么没有一块儿拆了呢？"

"那叫万年台，它挡你路了？"父亲叫起来，"它又没向你要夜饭吃！"

米香兰抱着干柴和稻草，浑身不停地打战。她好像要找一个宽敞的地方，点燃这些柴草烤一堆火。她走的还是那条小路。她一头闯进了操场，月亮却一头钻进了云里。

天黑得像锅底。她把柴草丢在地上，摸索着分出一束稻草，划燃火柴点起来。她猛地转过身，举着火把一晃，照见的果然是那个人。

那是一个光棍，叫牛金锁。那个让米香兰的父亲坠崖的人，就是牛金锁的爷爷。

米香兰已经明白过来，她这一出戏是演给自己看的，现在多了一个观众，她更要把戏演下去了。

牛金锁的眼睛让火光晃着了，好像闭上了。

米香兰咬着牙说："你不是你爷爷！"

牛金锁的嘴皮很厚，怎么也闭不拢。

稻草很快就燃光了。米香兰胡乱抓起一把干柴，用地上的残火点燃。她举着火把向戏楼走过去。但是，她没走出几步，就被牛金锁从后面拦腰箍住了。

后来，米香兰并没有把这一折戏也给改了，她不能把自己改成故意放火烧人。她不停地挥舞火把，直到牛金锁突然松了手，在地上打了一个滚。她举着惊恐乱颤的火把，看着牛金锁弹跳起来，几把扯下着了火的黑棉袄。她把火把丢在地上，牛金锁也把黑棉袄丢在地上，汇成了一团火……

4

万年台

天还没亮，丁从杰就从回马镇出发，步行去花田沟村。他吃和住都在镇政府，他从成都开过来的私家车也停在那儿。那条通村水泥路在他来之前就已经开始升级改造，却还是可以磕磕绊绊走车的。他在成都也要早早起来跑步，但这条古驿道上的石头已经老得不成样子，疙疙瘩瘩跑不起来。

镇上到村上步行约需四十分钟。这天早上，丁从杰却在路上有了一个耽搁，晚到了几分钟。

滕娜在头天下午打电话来，说她将在今天带队来花田沟，八点从市上出发，九点以前到村上。丁从杰本来用不着起这么早，但是，他实在是一个急性子。市文化馆定点帮扶花田沟村，馆长滕娜的联系户正是那个叫他"老第"的柴云宽一家，而那家在前两天出了一点状况。所以，丁从杰认为自己应该打一个前站，至少要先把情况摸清楚，不能给人第一印象就不好。

"麦黄蚕老秧上节，婆娘在屋里坐了月。"

这是刚刚学会的一句关于大忙的话。他一边走，一边念出了声。

大柏树的影子越来越密，已经进入花田沟村地界了。一棵孤零零的大柏树上有一个鸟窝，天要是亮了老远就看得见。他不知那是什么鸟，但人家那嗓子好极了。他每次路过这儿都会朝上面望一望，对那鸟窝轻轻打一声口哨。这一回，树上静悄悄的，但他还是仰起了头，用口哨打了一个小招呼。

树上好像有了比鸟更大的动静。他睁大眼睛，看见鸟窝变成了一团黑乎乎的影子，好像是一个人。

他停下来，小声问："有人吗？"

那影子动了一动。

他打了一声稍大的口哨，天突然开了亮口。他看清了，鸟窝还在，却没有人。他发现自己出了一身汗。

前两天，丁从杰站在戏楼上向山上望，看见一个人在树林里时隐时现。牛春枣在一旁说，那就是你联系的贫困户，他就是没事就寻鸟窝的那个人。

丁从杰在村里联系的贫困户只有一个，而这一户也只有一个人，叫牛金锁。他已经知道，牛金锁寻鸟窝是为了捡鸟粪做肥料。他一想这个就着急，平白无故就把人家急到树上去了。

他一路急走，上了石拱桥才停下来。天已经大亮，他把手指放进嘴里，想对四周的山打一个响亮的口哨，最终却放弃了。

太阳从山顶冒了出来。

丁从杰继续沿着古驿道从枫树林中向上爬。布谷已经在叫尾声了，他的口哨即便响亮地打出来，也不过是一个序曲。这一道坡，他需要爬两年。他不能打个短工半途折返，但他凭着一个急性子，可以提前到顶，收一个早工。

村委会按标准改造，施工队已经进场。村卫生室、文化室和文化广场也连带着一并几级，原米的校舍已经变成了一个工地。这笔资金是本单位捐助的，村两委要求投标方尽量招收本村人员来务工。丁从杰提出要尽量照顾贫困户，但牛春枣说，要是柴云宽那样的人来了，这个活路只好不做了。

牛春枣的性子比丁从杰还要急，他已经站在戏楼前面了。

从前的花田沟据说是热闹的，除了寺庙和戏楼，还有么店子。但是，古驿道被公路和铁路一一躲过以后，只有戏楼还在，热闹却不再有。村两委已经挪一步到戏楼上的耳室里临时办公，一张桌子三把椅子。这一阶段主要是制定每个贫困户的发展规划，以及村里的基础设施建设和产业发展规划。牛春枣说，我们从这儿开始，重打锣鼓重唱戏！

这会儿，牛春枣一坐下来就说，村上的文书年纪不大，干工作却没有一点主动性灵活性。他说："我们那个村主任年纪虽然大了，却是既主动又灵活，一有利益他就主动了，一搞优亲厚友那一套他就灵活了。今天说好早一点，因为那两点都挂不上，你看，太阳多高了，他却连个毛影都没有！"

丁从杰却顾不上说米万山，就让话题转到了滕娜身上，一说又回到了文书身上。文书带着人去贫困户门上贴"明白卡"，却有一家没有贴成。那家户主是柴云宽，出来阻拦的却是他的女人米香兰。米香兰的气是冲着"因残"两个字撒的。她说："我爹残了，只要我有手有脚，他就不算残！要贴可以，换一张奖状来！"

牛春枣已经在头天夜里给丁从杰打过电话，就是这么一个情况。两个人从各自的抽屉里拿出一个厚厚的笔记本，一边说一边往上记。那卡可以暂时不贴，"明白"其实都是揣在心里的。牛春枣再细说一阵，这一户的致贫原因就更加

"明白"了：米长久早年瘫了，属于"因残"；柴云宽早年唱过川剧，从来都把农活拿不上手，后来腰杆上有了小伤病，一年到头不是写诗、卜卦就是打牌赌博，"因病"算不上，却又没有"因懒"这一说；米香兰早年也唱过川剧，在农活方面也是唱念做打样样在行，却独木难撑，孤掌难鸣。如今，一家四口还住在米香兰的母亲当年修的几间土墙青瓦房里，人均年收入在贫困线以下。

丁从杰刚知道了当地把上门女婿叫"抱儿子"，热炒热卖说："这个家，致贫原因不在老人身上，而在抱儿子身上。柴云宽不给力，又与岳父合不来，米香兰的手脚就被捆住了。柴云宽是这个家的短板！"

"谁说不是！"牛春枣说，"要论米香兰的能干，她想把一个家建成什么样不容易？你只看她种的庄稼，一定会说那是全村最好的。她耕田耙地，曾经是花田沟一景。"

"用牛吗？"

"用牛。"牛春枣说，"现在都不养牛了，她才用上机械了。割麦子，她却还用镰刀。"

丁从杰说："她干过一段文艺，应该前卫一点吧？"

"才不。"牛春枣说，"她从不参加会议，从不参加任何人家的红白喜事，连给他父亲办低保都拒绝。"

"封闭了。"丁从杰说，"如此说来，米香兰才是主要矛盾？"

牛春枣说："问题主要还在柴云宽身上。没人知道，米香兰为他填过多少窟窿。"

丁从杰望着墙上的一个窟窿。墙上有壁画，但已经模糊不堪，谁知道缺掉的那一块都画了些什么。

"听说，有一回，他活活闷死了一车猪……"

丁从杰顾不上猪为什么坐了车，问："夫妻二人也不和？"

"才不。"牛春枣说，"米香兰表面上恨铁不成钢，实际上，她还护柴云宽的短呢！"

丁从杰望着外面的戏台，说："他们当年能够登台唱戏，想必都是出众人物。"

"柴云宽算不上。"牛春枣说，"实话对你说，我当年追过米香兰，但她没把我打上眼。"

丁从杰把目光收回来，做了个吃惊的样子，然后压低声音说："原来，你的群众基础并不好，我已经受了你的蒙蔽。"

牛春枣苦笑着摇一摇头："这么多年，我和她说过的话，加起来上不了十句呢！"

这时候，他们都听见了车喇叭声。

牛春枣到那个窟窿跟前望了望，说："文化人来了！"

两个人下了戏楼，看见操场上有几个人。丁从杰认出他们都是本村贫困户的人，村上通知大家在家里招呼客人，他们却来这儿等起了。

米万山正好赶到了。

一辆中巴车在操场上停稳，下来十几个人。

滕娜中等个儿，朴素的衣裳和平底鞋显然都是刻意穿出来的。她先做了自我介绍，然后说，市文化馆的人分两批来，今天只来了一半。

丁从杰正要说话，牛春枣却抢先替他介绍起来。

姓丁名从杰，出生于南方某省某县城，供职于省上某厅某部门。大学念的数学，研究生念的财经。三十五岁，已婚。

"这都是我的原话。"丁从杰笑着说，"他嫌我嗓子不好，就替我背了下来。"

滕娜说："精准。"

丁从杰也替牛春枣和米万山介绍过了。牛春枣忙着张罗市上的人和村上的人见面，米万山却还在对滕娜补充介绍自己。滕娜低声说："我们下一批来的时候，提前什么招呼都不要打。我们自己去认门，才好。"

米万山说："要依了我，所有的人都应该来这儿夹道欢迎！"

滕娜只好不再说，抬起头看戏楼。

车上下来的人都在做自我介绍。米万山对一个年轻人说："我当村干部的时间，恐怕要赶上你的岁数了！"

那年轻人赶紧说："我们缺乏乡村经验，你可要多指导……"

"我们都不是来当学生的。"丁从杰大声说，"不过你可以学一学我，先用'我们花田沟'来造句！"

滕娜说："他是文学干部，造句是他的强项。"

丁从杰说："我们花田沟，可是一个有文化的地方……"

滕娜指着戏楼说："这么好的万年台，就是证明。"

"万年台？"牛春枣说，"我只知道它叫乐楼。它还有这个名字？"

"不知道了吧？"米万山说，"我小时候就听老人这么叫它，万年台！"

5

《迎贤店》

麦田已经收水栽了秧，米香兰就有闲工夫照顾一下那株火棘了。火棘是她去年从山上移栽到院坝边上的，儿子米樵非常喜欢。去年冬天，火棘球红朗朗的，柴云宽采下几粒卜了一卦，说："儿子后年读高中，好学校都等起了！"

我的儿子，不用算，也是一辈子红红火火的命！

米香兰弄了一点鸡粪填进火棘根部。鸡粪掉了一点在院坝里，柴云宽蹲在那儿清理着。他本来想去村委会的，但是米香兰已经咬着牙给他下了禁令，不准。这可是米香兰一贯的态度。不管城里人乡下人，来者是客。你来了，有板凳，你坐一条我坐一条。你不来，有大路，你走一条我走一条。

柴云宽站起来的时候，看见一辆中巴

车开到了村委会。

米香兰在太阳下面晒了这么多年，却差不多还是当年那个"戏人儿"，好像她才是这个家里游手好闲的人。父亲想到屋外来坐，但他不能晒这样的大太阳，米香兰就把轮椅推到了丝瓜架下面。她在那阴凉处，看见不断有人从坝上走过去，却看不见是不是还有人上了山。

柴云宽却不见了。

丁从杰和滕娜上家里来的时候，已经过了一顿饭工夫了。

客人并不是柴云宽领回家的。米香兰刚进灶房，就听见父亲在外面大声喊："喜鹊登枝，寒舍来客！"

米香兰出来时，一男一女已经走到轮椅跟前问候老人了。

丁从杰走到太阳下面，先向米香兰介绍滕娜，却并没有按那几句话来介绍自己，只用轻松的口气说"老第"这个雅号怎么来的。他问："老哥呢？"

米香兰说："他姓柴。"

丁从杰抬头看看白玉兰树。主人家没有邀请，他也不好进屋。这几间土墙房子，除了干净，还是干净。堂屋门上却早贴了一张纸，上面有一行怒气冲天的钢笔字：若讨赌账，请找我家的狗！

丁从杰就退到了院坝边上。

"不用怕，家里没狗。"米长久又开口了，"这个家，养得起狗，但不养！"

丁从杰走到那株火棘面前，看了一阵。他当然不能泄气，又对米香兰说："我认得的植物不多。大姐，这个叫什么名字？"

米香兰说："一枝柴。"

滕娜也从丝瓜架下面走了出来。米香兰的姿色在乡下难得一见，但那一身旧得不能再旧的衣裳同样难得一见。这个家的干净，比它的寒碜更让她揪心。她知道那叫火棘，却说："这个我是见过的，却也忘了名字。一枝柴，这个名字也好听。"

米长久在轮椅上看不见，不知道他们说的什么。一根丝瓜就像伸到他嘴边的一只话筒，他就像喇叭一样喊起来："席尊上座，路让前行。女子，烧开水啊！"

米香兰进了灶房。过了一会儿，她端一碗白开水出来。客人都自己动手端了板凳，坐到了丝瓜架下面。父亲正在表扬女儿，这么多年，他都不知道褥疮什么样儿。但是，他看一眼客人双手接过的碗，立即就批评起来："这个也叫开水？家里长年不来客，这女子都把礼性忘了。开水，就是醪糟蛋啊！"

"大姐是懂纪律的。"丁从杰说，"这个开水可以，那个开水就违反纪律了。"

米香兰什么也没说，把第二碗白开水端了出来。她听见滕娜对父亲说，她在村里的联系户还有两家，今天她是来认门的，坐一会儿就走。

米长久说："这个家让我拖累了，但饭还是吃得起的。怎么说，你们也要吃了午饭才许走。"

米香兰在白玉兰树下面站了站，那叶子又绿得晃眼睛了。人家都把白开水喝出了热乎乎的声音，她好像满肚子都是凉水。她返身进屋，端了一盘花生出来，手却又不稳，花生掉了几颗。

柴云宽好像回来救场了。

这真是穷途知己少，

开口告人难，

更有谁解衣分金相怜念！

人还在半坡上，川剧高腔先冒上来。

米长久立即闭上了眼睛："大秀才回来了！"

柴云宽在院坝边上大声说："听说领导上我们家了，我丢下活路就赶回来了！"

丁从杰站起来，问："你做什么活路啊？"

"报告'老第'，田里的活路。"

丁从杰追着问："怎么没见你身上有一点泥呢？"

米长久睁开眼睛说："他从天上往田里丢炸弹，哪沾得了泥！"

丁从杰把话题岔开了。他问："大伯，花田坝这个名字，怎么来的？"

"老辈子传下来的。"米长久说，"据说，当年坝上有两家人，一家姓花，一家姓田……"

柴云宽说："那是乱说！"

米长久就又把眼睛闭上了。

丁从杰说有一首歌叫《花田错》，念了一句歌词："花田里犯了错，说好，破晓前忘掉……"

"你也犯了错。"柴云宽说，"'老第'，《花田错》是一出戏！"

丁从杰问："你刚才唱的，就是《花田错》？"

滕娜对柴云宽说："你刚才唱的川剧，我终于想起来了，是《迎贤店》。那可是高腔。"

柴云宽好像受了惊吓，小声问："领导懂川剧？"

滕娜说："我原来在川剧团工作。"

"刀马旦，还是闺门旦？"

"司鼓。"

"坐统子的。"柴云宽拱一拱手，"你在台上也是领导！"

丁从杰坐下来，然后拍了拍长板凳，要柴云宽也坐下来。他说："一家人，你不要像个客人似的。"

滕娜说："刚才听村主任说，你们当年唱过川剧。"

米香兰低头寻找着，好像院坝里落满了花生。

柴云宽坐下来，扭头看一眼米香兰，又降低了声音说："她唱得好。"

滕娜问："你演过《迎贤店》里的那个秀才吧？"

柴云宽又拱一拱手："秀才有礼！"

滕娜说："我听得出来，你好多年没练了。"

柴云宽说："人没有钱声气都不好听，干吱吱的，一点油气都没有。"

"没说你。"滕娜对丁从杰笑了笑，"这是《迎贤店》的台词，你千万别多心。"

丁从杰故意清了清嗓子，然后抬头看了看丝瓜。

柴云宽对滕娜说："我们这儿是迎贤店，我是那个受困

的秀才，你就是那个义士。不对不对，你是义女士……"

"我姓滕……"

"义！"柴云宽说，"社会主义的义！"

滕娜笑出了声。

柴云宽说："你大概会学那个义士，为我们弄来几砣银子，暂救燃眉！"

"不是暂救燃眉，"丁从杰说，"而是要摘下贫困这顶帽子！"

三个人说着，却都留意到米香兰进屋去了。柴云宽左手抓起一把花生，放进摊开的右手，就像做戏一样平举到客人面前。丁从杰和滕娜都还没来得及伸手，就看见米香兰从屋里出来，朝这边走来了。

"放心。"米香兰停了停，"花生是我们自己种的！"

柴云宽好像真受了惊吓，手卜的花生却都被紧紧地攥住了。

米香兰确认自己的声音已经平和下来，接着说："几颗花生待客，莫嫌。"

柴云宽打开了手，那花生好像都出了一身汗。

丁从杰端起那个盘子，说："我知道，这是我们花田沟最好的花生。"

滕娜把自己的那只包挂在肩上，拍了拍腾出的半截板凳，对米香兰说："妹妹，你受累了，坐下来歇一歇吧。"

米香兰低头看着滕娜："你喊反了吧？"

"我还喊你姐姐啊？"滕娜装出生气的样子，"你比我小三岁呢！"

米香兰说："你这数字，肯定不准……"

滕娜说："建档立卡，精准得很！"

"我以为，你还没满四十岁呢……"

丁从杰站起来，把盘子放到板凳上。他剥了一颗花生，说："大姐，你目测一下我的年龄。"

"还用看？你是老弟。"

丁从杰说："那是第一的第。"

"我刚才听清了呢。"米香兰说，"若是那个字，就不通了。这样叫你的人，大概分不清兄弟的弟和第一的第，他没文化！"

柴云宽却像是受了表扬，说："第一是兄弟，第一是兄弟！"

丁从杰说："这样一说，就有文化了！"

米香兰对丁从杰说："那一枝柴，叫火棘。"

"对了。"滕娜把花生剥出了响声，"火棘！"

丁从杰把花生米丢进嘴里，那样子就像要打一个口哨。

柴云宽就像还对"没文化"不服气，问市文化馆办不办报纸。他说自己当年在县文化馆办的报纸上发表过一首诗，名叫《布谷》。

滕娜问："现在不写了吗？"

柴云宽叹一口气："哎！这做诗文，要有兴致。你看我此时满肚子的穷愁抑郁，哪里还有什么兴致做诗文啊！"

滕娜知道，这也是《迎贤店》的台词。她想了想，就学着那戏里店婆的腔调，接上去了："你尊驾这个兴致，大概好久才发一回呢？"

米长久却把话接了过去："大概一辈子就发一回！"

《布谷》是柴云宽为母亲写的，所以，米香兰不会厌烦他说这首诗。不过，这会儿，这说了戏又说诗，显然已经跑题了。

米长久却接着说："谁的肚子里没有几句诗呢？"

丁从杰对米长久说："我这段时间在村里走访，好几个老年人都替你惋惜呢！他们都说，你当年是多么出名的唱歌郎……"

"唱歌郎？"滕娜问，"大伯当过薅草锣鼓唱歌郎吗？"

"对。"丁从杰说，"他们都说，大伯满肚子都是那唱词。"

滕娜问米香兰："你听见他唱过吗？"

米香兰说："有时候，夜里都唱呢。人一拢，他就没声音了。"

"那货已经过时了。"米长久说，"唱歌靠连手，薅草靠六亲……"

"听。"滕娜悄声说，"这两句，或许就是。"

柴云宽嘀咕一句："那怎么算得了诗？"

米长久耳朵尖，脸跟着就黑了："那你说说，什么是诗？"

丁从杰说："我这个学数学的，却也喜欢诗。大伯，给我们来一段？"

"我哪有心思说那个。"米长久说，"你们看这个家，论他贫困实难找，一无吃来二无烧。鞋子半截不见了，檐下燕儿要离巢……"

"爹，"米香兰说，"你要是嫌热，就进屋去，好不好？"

"好。"米长久说，"这都是显客呢，你也请人家进屋坐一坐！"

滕娜离轮椅最近，就抢先推起来了。她见丁从杰也要站起来，就示意他坐着。她把轮椅推进了屋，先把那只包放到一边，然后，把米长久抱起来，稳稳实实放在床上。

米香兰抢不过她，站在一旁说："我爹这辈子，从没听他说过，他的命不好……"

滕娜站在床前，说："他有你这样一个好女儿，还用说吗？"

米长久一直闭着眼睛，突然，一滴泪水从眼角滚了出来。他用哭腔说："女子啊，你爹自从那年从医院回来，这还是第一次，让家外边的人抱一把呢！"

滕娜从包里拿纸巾的时候，趁米香兰不注意拿出一个红包塞进枕头下面。她用一张纸巾轻轻擦掉米长久的泪水，说："大伯，我这举手之劳，倒让你老人家落泪了。从现在起，你就不要把我当成家外边的人啊！"

米长久睁开眼睛，却看见女儿的眼睛里也有了泪花花。他说："这个女了，她妈走后，她把泪水都哭干了，我这还是第一次见她眼睛湿呢……"

6

月季

大柏树上那个鸟窝还在，鸟也还在。那天黄昏，丁从杰经过那儿，口哨却没有打出来。接下来一段时间，他在村上、县上和省上来回穿梭，跑项目，跑资金，走古驿道的次数就少下来。没过多久，那条崭新的水泥路就通车了。

　　配套资金是一个不小的数字，却依然关照不到村里所有的地方，比如社与社之间的一段断头路，比如年久失修的一口山坪塘。项目从哪个口子来，资金从哪个渠道走，谁来组织实施，并不是都有一个标准答案。贫困户更是一家一个情况，不是登门几次就能把问题都解决了。那个厚厚的笔记本，原以为可以管一年，却是不上两个月就记满了。

　　滕娜又来过村里一次，却把丁从杰错过了。他们在电话里讨论了一下米香兰的情绪问题，希望通过危房改造一步一步疏导。他们第一次从她家出来就商议过，要尽快组织对那土墙房子进行危房鉴定。过了两天，丁从杰又和米万山上她家去了。米香兰让"易地搬迁"四个字吓了一跳，直到米万山指点一阵房子一侧的自留地，丁从杰走进去用脚大致画了一个圈，她才松了一口气。房子挪一步，正好移到了母亲当年相中的屋基，这件大事就算起步了。

丁从杰却又失眠了。他没有想老婆孩子，可就是睡不着。他只好把镇上干部教的一个对付失眠的办法搬出来，强迫自己只想一个数字或者一种声音。他开始想自己的口哨。口哨是舅舅教的，而舅舅是在上山下乡时跟当地一个大爷学的。结果，他由口哨想到了那个鸟窝，再由那个鸟窝想到了牛金锁。他和牛金锁结对子，完全是因为那可能是村里最难摘帽的一个贫困户。他去过牛金锁家里一次，牛春枣也一同去了。

牛金锁比牛春枣矮两辈。丁从杰让牛金锁的身世变成几个数字，只需要小学阶段的数学。牛金锁，四十五岁。他五岁时父亲去世，过了十年爷爷去世，又过了七年奶奶去世，然后过了十二年母亲去世。他没有兄弟姐妹，也一直没有结婚，已经独自一人生活了十一年。他对母亲感情最深，在这一点上，他在村里可以和米香兰相提并论。

这一组数字，好像高高低低的坎，让他迷迷糊糊跌落下去。最后，他站在一座新石拱桥上吹了一声口哨，就醒过来，天已经亮了。

丁从杰的车上了新水泥路，没多久就从垭口的大柏树旁边转过来，在跨过小溪的平桥上停了停。他跑过好几趟，也没有能力把计划中的简易平桥换成能和老石拱桥配一个对儿的新石拱桥。

村委会升级改造也已经完工，操场建成了文化广场，附带一个小停车场。村卫生室还没有开门，乡村医生还没有来上班。丁从杰没有去办公室，而是到戏楼跟前看了看。滕娜第一次来，建议村两委立即停止在戏楼上临时办公。他们并不是都不知道戏楼的价值，因此也并不认为滕娜小题大做。他们在戏楼上制定好一揽子规划上报以后，立即就搬了出来。

滕娜当时说她会争取戏楼保护维修资金，却还没有下文。

戏楼让新村委会一衬托，就更旧了。

丁从杰原计划搬到村委会来住，镇上领导却不同意。吃饭的问题怎么解决？你是成天在那儿学着做一个人的饭，还是去工作？路通了，开车要不了十分钟就从镇上到村里了，这等于你在成都堵一下车呢。

事实上，丁从杰也乐意住在镇上。回马是一个古镇，他喜欢那几条老街，也喜欢镇边那一条诺河。那是一条小河，却有一个渡口。镇上近年做旅游文章，在那渡口摆设了一条木船。花田沟的小溪往下走不了多远就汇入诺河，镇上新建的自来水厂从诺河取水，很快就要把水送还给花田沟了。

牛春枣却巴不得丁从杰住进村里。他们共事时间虽然不长，却已经算得上配合默契。他们都是急性子，奇怪的是，当一个急起来的时候，另一个却会突然慢下来。他们好像有了共识，就是急，也要分开来急。比如，村里有五户人家要搬迁下山，这本来是大好事，其中两户却像比赛一样今天提一个要求明天提一个要求，惹得牛春枣在村委会拍桌子大骂"等靠要"。丁从杰却说，你就是移一棵树下山，也不会是喊个一二三就了事吧？又比如，市文化馆音乐干部为他的联系户送来良种鸡苗，那一家没喂养多久就一只一只宰了，做成辣子鸡下了酒。丁从杰一听火冒三丈，急着要赶到那家去，牛春枣却说，你现在就是坐火箭去都迟了，人家鸡骨头都没给你剩一根……

米万山开初见了两个人抬杠，暗自高兴呢。不过，他很快就看出来了，两个人原来是一唱一和，自己想使个绊子也插不上脚了。

这会儿，丁从杰独自一人朝牛金锁家走过去。他听见了挖掘机的叫声，却看不见在哪儿。他不知这是哪个项目发出的声音，要么是自来水，要么是天然气。不知还要多久，挖掘机才能开到这通户道路上来。他已经知道，米香兰和牛金锁两家结仇四十几年了，虽然那都是上一辈的事，但下一辈也不一定愿意在两家之间修一条大路呢。

小路一拐弯，丁从杰就看见了牛金锁。牛金锁端着碗站在门前那棵老核桃树下吃饭，那样子也在望挖掘机。他看见了丁从杰，头一缩不见了。

那一道坡不过几步，丁从杰朝上喊一声："金锁大哥！"

牛金锁从屋里出来，咧一下嘴，不知是不是答应了。

丁从杰说："你继续吃饭吧。"

碗却已经放进屋里了。

房子建在一块局促的台地上，青砖青瓦。灶房和卧房里的门开着，另两间的门却上了锁。这和上次看到的一样。贫困户建房是按人头补助的，牛金锁靠一个人的补助款建不了新房，只有搞旧房改造。

丁从杰说："上次已经说过，墙要加固，瓦要换。内墙要翻新，地面要硬化。一句话，我要新房！"

牛金锁突然问："你要来住？"

丁从杰一时没有回过神来。他想了想，说："我要来验收。"

牛金锁好像松了一口气。

丁从杰说："自来水就要从镇上过来了。"

"我知道。"

"天然气随后就到。"

"我也有。"

丁从杰没有再说光纤也要通了。他上次来没顾得上老核桃树，就问："这核桃树，一年收入多少？"

"你没看，一个果都不结。"

"那还留着它干什么？"

"爷爷栽的。"

丁从杰仔细看了看老核桃树，然后抬头望了望山坡。这儿是山的一道褶皱，有一点憋闷。他装出随便的口气说："听说，你经常上山去找鸟窝，掏里面的鸟粪。"

"乱说。"牛金锁说，"他们又不是没见过鸟窝！"

丁从杰看了看他，等他往下说。

"鸟爱干净。"

阳光从老核桃树上漏下来，地上的光斑乱糟糟的。

丁从杰把目光移回来，看着老核桃树下面的两株植物，却拿不准上次来是不是见过它们。他说："那个我认识，叫火棘。那开白花的，叫什么名字？"

牛金锁说："六月雪。"

丁从杰想上网查一下，却发现手机到了这儿已经没信号了，就一边随意走动，一边试探手机信号。一个园子被房子挡住，隐藏在一个僻静的角落里，他上次来都没看见。园子里只有一点蔬菜，更多的是花木。除了两棵苹果树，他一眼就能够认出来的是月季，还有罗汉松。

"山上挖的。"牛金锁跟了过来，"自家的山。"

月季却都长在被截断的枝干上，枝干又是从大大小小的桩头上长出来的。

丁从杰问："那月季，叫什么？"

"月季。"

这样问话，只能算嗓子作怪。丁从杰咳一声，伸手拍一拍那粗壮的枝干。

"七里香。"牛金锁说，"月季是嫁接的。"

"你嫁接的？"

"还有谁？"

丁从杰抱歉地笑一笑，又问："房后这坡，还结实吧？"

"什么？"

"我是说，会不会山体滑坡……"

"不会。"牛金锁说，"坡上，不是树，就是花……"

"别大意！"

园子旁边有一条小路，隐隐约约上了山。小路向山旮旯横着岔出一段，却被一蓬刺拦下来。丁从杰向上爬了几步，低头看那一蓬刺，差点叫出了声。

那后面站着一个女人，一身鲜艳的女人。

丁从杰赶紧站稳了。他愣了一阵，才零零星星看出来，那是一棵花树。

牛金锁还站在园子边上，从上面看下去，他好像矮了一截。

丁从杰退回来，上了那条岔出的小路。他弯下腰杆，从那一蓬刺下面钻过去，另一边却还有一蓬刺。

两蓬刺围护的土台上，扎着一个硕大的桩头。这不知是多少年的一个古董，显然受过石头夹磨，倔强而怪异。桩头上傲立的枝干比碗口粗多了，截断以后仍比人还高。枝干上的枝头保留了十二个，姿态各异，合抱成团，各自开出了不同颜色的花。那大朵大朵的花，以十二种色彩一同开放，散发着含混的香气……

"七里香！"丁从杰立即改了口，"月季！"

7

红瓦

这个夏天，除了两阵白雨，还没有下过一场透雨。这对那些大大小小的外来施工队伍来说，却是难得的好天气。雨水要是多了，铺路也好，埋管也好，都会有些麻烦。还有，那些直接和雨水相关的项目，防洪堤也好，蓄水池也好，山坪塘也好，提灌站也好，都还赶不上那个趟。

　　这对村里那些"易地搬迁"的人家来说，也一样。

　　别人家的房子动工了，有的都起来半截，米香兰却一点不急。米樵放了暑假回家来了，要是新房开了工，影响他复习功课不说，还会顾不上给他做可口的饭菜。天气越来越热，米香兰却也没有成天歇凉，施工队伍已经定下，前期用料也已经备好，只等米樵开学那天就起基。滕娜上一次来，却对施工方的现成图纸不太满意，主要是忽略了家里的残疾老人，没有无障碍设计。还有，圈舍布局也不太妥帖。

滕娜又在周末开着私家车来了，还带来了一张图纸。

没错，那天是星期六。

米香兰对别的不关心，但每一天是星期几却从不含糊。儿子上学，都是以星期来计算天时的。

当时已是午后。米香兰从花田坝上的蔬菜地里出来，一辆白色小车在她面前停下来。她对打开的车门说："姐姐，你在前面走，我几步路就跟来了。"

那车门却不关，米香兰只好上了车。

下午的太阳一点不软，滕娜却没有把遮阳伞带下车。她说："我跟着妹妹晒一回，不会黑，只会红。"

"我这半辈子，还是第一次……"

小坡上完了，米香兰也没有把半坡上说的半截话补上来。她好像要说坐小车，却突然发现不是要说这个。

滕娜先去看了新屋基。她从包里拿出图纸，在自留地上辨认着那些线条的位置。她双手举起图纸遮在头顶，说："我刚才在垭口往这儿一看，就想把上次的意见改一改。"

"改回那个半截子楼房？"

"平房不改。"滕娜说，"青瓦换红瓦。"

米香兰想了想，说："平房更适合我爹。但是，红瓦……"

滕娜说："这么多年，你都被遮住了。你应该把自己亮出来！"

"一个家到了这步田地，藏都藏不赢，还敢亮。"

"我上次来，跟大伯学了一句话，人有三贫三富，瓦有七翻八覆。"

"依你。"米香兰不再想，"红瓦！"

滕娜已经留意到，警告讨账的那一张纸已经不见了，那门板干净得就像洗过一样。她在堂屋里一坐下来就问米樵，那孩子却是不知道滕阿姨要来，去八里坡看爷爷了。她怕惊扰了隔壁另一个爷爷的午睡，小声说："房子修好以后，我要来住上三天。星期五下班以后过来，星期日天黑以前回去。"

米香兰用一把旧篾扇给她扇风，说："哪有三天？顶多算两天半。"

滕娜把篾扇揪了过去，说："你也学那个'老第'，要成数学家了！"

"精准。"米香兰说，"你教我的！"

柴云宽已经在村卫生室做腰杆康复治疗，隔一天去做一次针灸，费用全免。他回家来，听说要改红瓦，说要先卜一卦。几分钟后，他从隔壁过来说："我要写一首诗，题目就叫《红瓦》！"

滕娜和米香兰正在算细账，顾不上回应他的卦和诗。建房补助金是按照每一个人的居住面积来安排的，根据建设进度分期发放，前期那一笔已经打进一张卡里。四口之家分文不出，就可以建起一套砖混结构的平房，并且完成基础装修。自家要贴一点钱进去，却有规定不能超出一个数额，以免因为建房而发生新的债务。

几笔下来，米香兰的心算能力让滕娜暗暗吃惊。柴云宽算账基本上就是帮倒忙，每一笔都好像比扎一针还要让他难受。

"你偏科呢。"滕娜对柴云宽说，"你还是去做一个文艺工作吧。"

柴云宽抓起那把篾扇给滕娜扇风，然后表演结巴："你千万不要说，调我到文化馆，去工作……"

滕娜拦下篾扇，说："薅草锣鼓，这可是国家非物质文化遗产……"

柴云宽就扇上了自己，说："我是川剧表演艺术家，千万别让我去表演什么薅草锣鼓。"

"不是让你表演，是让你做记录。"

米香兰听滕娜一说就明白了："米长久先生口述，柴某

人整理。"

"听嘛!"柴云宽丢下篾扇,"轮到我,就被掐了。"

滕娜朝米香兰瞪一瞪眼:"你把人家的先生掐掉干什么?"

"翘呢。"米香兰撇一撇嘴,"掐的是他的尾巴!"

"这个你放心。"滕娜安抚柴云宽说,"出书的时候,不会把你埋没了。"

柴云宽好像真结巴了:"还要,出书?"

"这可要看成果。"滕娜说,"古本歌可以不管,只收集今本歌,重点是唱歌郎自己创作的唱词。山歌是薅草锣鼓唱词的重要组成部分,能收尽收。"

柴云宽说:"那不是一天两天的事呢。"

"这是定金。"滕娜从包里拿出一个信封,"我们已经研究过了,根据大伯的身体状况,稿费从优。"

柴云宽正要把手伸出去,就被米香兰抓起篾扇使劲一扇。他又借了《迎贤店》里店婆的台词,也学着那腔调说:"我不是爱钱的人,但我怕大领导把手拿软了,掉下去不好捡。"

米香兰一边轻轻给滕娜扇风,一边说:"姐姐,你这个钱要是打了水漂,到时我又得填窟窿呢!"

滕娜收起信封,却又从包里拿出一个笔记本和两支笔。她说:"大伯上回说得好,唱歌靠连手,薅草靠六亲。你们只要齐心，我一点不担忧呢！"

柴云宽却缩着手，说："哪有那么多话，能够把这么厚的本子记满？"

米香兰把笔记本和笔接过去，对柴云宽说："这会儿，你的手却短了！"

"唱歌郎醒了？"滕娜说，"我们把唱歌郎请出来吧！"

米长久人还没到，声音就过来了："花田沟里路不光，鞋都跑烂好几双。心想不走这条路，朋友又在这一方！"

滕娜把轮椅接过来推上，说："一把菜籽撒翻梁，今年种下明年黄。不图来年收菜籽，只图会个唱歌郎！"

"哈哈！"米长久叫起来，"馆长也会这个，还把唱词改了！"

"这可是你老人家带头改的！"

"改错了改错了，改回来改回来！"

滕娜说："现在，我们开一个会，就两个字，不改！"

收集整理的计划已定，不改。

唱词要原汤原汁，不改。

一老一少两个男人却都埋着头，不看对方一眼。滕娜看看天时已经不早，而她还要去另外两家，就起身告辞。米香兰把她送到车跟前。她把车发动起来，把冷气打开，说：

"我安排的这个工作，让一老一少两个先生都有了一个用武之地，也让家里增加一点收入。这只是权宜之计。我为什么不拿一支录音笔来？我的用意，大的方面暂且不说，其余你是懂的。"

"帮我。"米香兰说，"帮我们家。"

滕娜说："最终，哪怕收集到的唱词只有很少一部分是别的版本里面没有的，父子二人却因合作而和睦了，也算成功。"

米香兰说："柴云宽他也不是一个榆木疙瘩。那唱词讲了那么多好道理，他就算只听进去百分之一，也会有点起色吧？"

两个人就说到一处了。滕娜趁热打铁，要米香兰陪她一起去看看那两户人家。她说："我怕狗呢。你去给我壮壮胆！"

米香兰却连连摆手："我是刺巴林里的斑鸠……"

"你上不得台面呀？"滕娜说，"当年，你都是往戏台中间站的人物呢！"

米香兰只好又上了车。车走得很慢，她就慢言慢语地说："你刚才只用'不改'两个字，就开了一个会。我却知道，那两个字，不适合我……"

滕娜说："我说的是本行，所以有一点底气。"

米香兰说："我对自己这个本行，心里却没个底了……"

滕娜说："几个月下来，这农村的产业发展，我还是吃不准。我不敢随便给你一个建议，怕乱点了鸳鸯谱。"

米香兰说："我们家先修好房子，然后，按照村上为我们家做的规划，发展种养殖业。姐姐，你就别操心这个了……"

"我给你透露一点信息。"滕娜说，"'老第'正在和一家大公司洽谈，花田沟村可能还要进来大项目呢！"

"这小山沟，还能上什么大项目啊！"

"古镇，古驿道，石拱桥，万年台，这儿的山这儿的水，还有交通条件，听说人家都中意呢……"

几个人抬着一根钢管把路占了，滕娜赶紧刹了车。

米香兰来串门了，却比滕娜来了还稀奇。一个老爷爷见了，说："香兰女子，你这是要当干部了啊！"

米香兰看见滕娜对她回头笑一笑，也露出了笑脸。她说："幺姑爷，我正在努力呢！"

"啊呀！"一个老婆婆叫起来，"这女子开金口喊人了！"

"幺姑婆！"米香兰喊一声，"我那天在背后喊你，你就是假装没听见！"

第二家还真有一条狗，见了滕娜摇尾巴，却朝着米香兰不停地叫。滕娜说："它对你不熟呢。不要怕，我给你壮胆！"

米香兰这才知道，这人口密集区也已经建起了文化广场。花田坝上大大小小的路都在重修，好多人家都在打理房子准备开农家乐。米香兰知道自家没有那个实力，不想再有个什么表演，就顺原路走到自家门前小坡下面，好像出了一趟远门回来。

白色小车迟迟不开回来，米香兰就一边往前走一边等。太阳快要落山，小溪边上的新防洪堤正抢凉快施工。她突然看见牛春枣迎面走过来，就想顺着一条小路到小溪边上去，但又怕把滕娜的车错过了。

"难得见到你这样散步呢。"

牛春枣又和她说话了。不知哪一年，牛春枣和她搭讪，被她一句话就呛回去了："不要以为你什么都可以管！"

这一回，米香兰却装了聋子，还装了哑巴。

牛春枣好像已经忘了那一回，接着说："你必须有一个手机。"

米香兰只好对地边一棵矮小的梨树说："都派来一个'老第'了，你还管这么宽！"

牛春枣却没有像那一回埋头走了。他说："这是我和滕馆长在手机上商量的。"

米香兰掉头就走。白色小车却开过来，停在路边。她对降下的车窗说："天要黑了，姐姐你快走吧。"

滕娜却下了车，说："前几天，我和春枣书记在电话里说起，你们家都没个手机，今天却没顾得上说。这样吧，这个定金，用来买一个手机如何？"

牛春枣跟着说："修房立屋，发展产业，没个通信工具怎么行！"

米香兰扭头对地边另一棵高大的梨树说："只要你不打给我，我就买！"

牛春枣笑起来："他也可以打，你可以不接！"

听了这话，米香兰都没跟滕娜招呼一声，就急急地走了。她在小坡上才回了一下头，看见白色小车还停在那儿。

过了几天，市文化馆舞蹈干部到村上来教广场舞，为米香兰捎来了一个新手机。

米香兰的第一个电话是打给滕娜的。她说，再过三天，新房就要开工了。

接下来，滕娜常常打电话来，关心两个进度。新房进度很快，而那薅草锣鼓还没有开槌，所以还谈不上进度。滕娜本来说好盖瓦那天要来的，但不巧要开一个会。她在电话里说："下次，我出了垭口，一定会让车走慢一点！"

8

七里香

老核桃树消失了，罗汉松从背角的园子里移栽过来。

牛金锁的家差不多翻了个底朝天。机制青瓦，定制门窗，扣板，瓷砖，从头换到了脚。砖墙没有动，却也被冲刷一新。厨房改了，厕所改了，自来水已经通了，就等着天然气了。

做工的人在屋顶看到了那棵大月季树，却没有人吱声。花痴，大概就是牛金锁那样的人吧?

丁从杰也答应牛金锁替他保密，没有对人说起那棵大月季树。

那天，他在牛金锁家里待了不止一顿饭工夫，才把七里香到月季树的故事听完了。不过，他并不需要做多少梳理工作，那故事的线条也大致是清晰的。

十几年前，春天，牛金锁上山捡柴，在悬崖边的老松树下面惊起了两只鸟。他扒开灌木丛，看见了一个鸟窝，也看见了藏着鸟窝的一大团七里香。他索性在松树根上坐下来，隔一会儿把那灌木丛扒开一次，再把那七里香扒开一次。他本来是看那个鸟窝，却一眼看到了七里香的根。那是一个不知在悬崖边上藏了多少年的老柴疙瘩，那个古怪的造型都让他看呆了。

　　母亲说过，鸟窝是不能捡回去当柴烧的，你烧了人家的房子，天老爷说不定哪天就会烧了你的房子。

　　牛金锁第二次去那儿，先跟自己打了一个赌。要是那两只鸟回窝了，他就转身回家。要是那鸟窝是空的，他就要把那个老柴疙瘩从悬崖边上救回来。

　　鸟窝是空的。

　　但是，那地方实在太险。

　　他第三次去那儿，两只鸟却又在窝里，只不过又被他惊飞了。他却依了第二次的打赌，探出身子摘下鸟窝，差点滑下悬崖。他把鸟窝小心地搁进了灌木丛，然后，他下降到了刚好可以落脚的一个小平台上。七里香还没有开花，他用柴刀把枝头一一剁掉，看着它们像一群一群翠鸟擦着崖壁向下扑去。老柴疙瘩扎在石缝中的腐殖土里，正好把滴落下去的鸟粪接收了。他用柴刀把老柴疙瘩掏出来一点也不费劲，但拽着它爬上去的时间，和半下午到太阳落山相等。

母亲从来最怕的事，就是独儿背一个贼的名声回来。她知道了老柴疙瘩是自家山上的，却也着急起来："你别把米香兰她爹那个救命疙瘩盘回来了！"

牛金锁心里的一块石头立即上了悬崖，听母亲细说一阵才落了地。他知道，那一蓬救命的七里香还在那儿。那一面崖壁是自家的，就是神仙也上不去。

母亲放下心来，说："这七里香，在山上多少年才会长成这个样子啊，恐怕都成仙了。你好好养着它吧，说不定，我的儿媳妇就在它身上呢。"

牛金锁在那山旮旯儿的土台上挖了一个坑，弄了一些腐殖土填起来，再把老柴疙瘩埋进去。然后，他栽下两棵刺，把老柴疙瘩围护起来。

一年以后，他的媳妇还不见影子，母亲却走了。他每一回哭累了，在老柴疙瘩面前一坐就是大半天，常常是一天只吃一顿饭。

七里香开花了，却从不见鸟儿飞来。

后来，谁都知道他寻鸟粪的事了。他见到鸟粪就给老柴疙瘩带回来，但那不过是一个幌子。其实，他想再寻到一个老柴疙瘩，盘回来配成一个对儿。他又跟自己打了一个赌，要是真配上了，他就不会再打光棍了。

他没有寻到配得起的柴疙瘩，却遇到了一个人。

两年前的一天，他在自家山上拦下了一个偷挖山木香的人。那个人是山那边的，山木香是要用来嫁接月季的。他为那个人扛着山木香桩头，跟着翻过山去学了一回嫁接。那个人送给他一些月季穗条，他在嫁接时并没有遇到什么难题，那老柴疙瘩的所有枝头都开出了月季。

七里香和山木香的小桩头倒是遍山都是，他随意挖了一些回来种在园子里，然后让它们都变成了月季树。

老柴疙瘩上的枝头，也让他修修剪剪，留下了最粗壮的十二根。

一年不是十二个月吗？

月季，月月红，现在，已经不单是一个红了。

丁从杰总算转过了那一个弯。没错，一个人丑一点，这与爱老桩爱花草又有什么矛盾呢？他并不想过多地知道细微末节，只要这不是非法采挖所得就够了。他的眼睛盯准了两个字，产业。村里正在推行"一户一品"，他为牛金锁落实了发展产业直补到户资金，联系了镇上的农技人员来做指导，希望村里的第一个家庭花圃尽快建起来。

牛金锁却不愿意那大月季树走出来，他显然还有什么话没有说出来。

事实上，丁从杰已经用手机拍下了大月季树的照片，那已经成为他为村里引进大项目的一张牌了。

米香兰的新房结顶那天，丁从杰也去传瓦了。太阳离落山还早，他顺着小路走回来，一抬脚又上了牛金锁家。电视在屋里开着，声音很大。他连喊几声，牛金锁才从外面回来了。

"你又没看电视，把它开着干什么？"

"惯了。"牛金锁说，"等于有个人在说话。"

丁从杰嗓子有点发干，一时说不出话来。

牛金锁把电视关了。

丁从杰这才想起来说："通户路就要修了。"

牛金锁望着眼前的小路，好像一点也高兴不起来。他说："我妈要是知道，扑关一扭就燃火，不烧柴不烧炭也能煮饭，会笑成什么样啊……"

丁从杰说："我说的是路呢。"

"路通了，人还是不通呢。"

这话听起来才不通呢。丁从杰朝红瓦房那边指了指，说："我知道你们两家上辈人有过节，你知道底细吗？"

牛金锁说："除了我妈，你是听我说话最多的人，最多……"

丁从杰说："我知道，你还有话要对我说，好多。"

牛金锁大概已经等了很久，不再像上一回那样说半句留半句了。

那天夜里，让米长久受到惊吓坠下悬崖的其实是两个人，一个是牛金锁的爷爷，一个是牛金锁的父亲。父子二人也是为了去摘那胡豆才上山的，反倒是米长久惊吓着了他们。米长久自言自语，不知说了什么。父亲躲起来的时候，也差点坠下了悬崖。父亲后来得病死了，都没给牛金锁留下什么印象。爷爷在世时从没在孙子面前提说过这件事，母亲在见到老柴疙瘩那天才对儿子讲了。牛金锁问母亲，爷爷为什么不去把那些对米家说出来？原来，爷爷说过，我们不在夜里上山去，米长久就废不了。再说，我们就是现在愿意背那个贼名了，人家还认为你这是个苦肉计，不得信你呢！

牛金锁几次想对米香兰说，但米香兰从不正眼看他。

那些年，总有传言说有人在打米香兰的主意，不是这个就是那个。牛金锁想，他要是在某个时刻把米香兰救下来，那么，他就可以把真相告诉她了。

渐渐地，他跟踪上了瘾。

机会终于来了。但是，牛金锁把那一段咽回了肚子里，他并没有对丁从杰说米香兰差点烧了戏楼的事。

　　凉风好像是一盆一盆端到面前来的。丁从杰望着山上，不知道那些树林里还有多少秘密。他就是拿两年时间来听，也不一定听得完。他把目光收回来，看见那一株六月雪已经做成了盆景。

　　"我们说当前。"丁从杰说，"你知道那棵大月季树值多少钱吗？"

　　"我又不卖。"牛金锁说，"我的辛苦，一千元总值吧？"

　　丁从杰说："它不能一直那样躲着。"

　　牛金锁突然说："今天，我妈走了整整十二年了……"

　　丁从杰的嗓子更干了。

　　"我对不起我妈……"

　　丁从杰只想喝水。

　　"有一句话，我没有对你说……"

　　丁从杰进了灶屋，端了一碗水出来。

　　"我把老柴疙瘩背回来，对我妈扯了一个谎……"

　　丁从杰喝了一口水。

　　"那棵大松树，不是我们家的。"

　　丁从杰又喝了一口水。

　　"那个鸟窝，也不是……"

这一口水，丁从杰没有喝出响声。

"它们，都是米香兰家的。"

丁从杰一气把碗喝见了底。

"刚才，我去我妈的坟前说，我要把那老柴疙瘩送回去！"

9

唱歌郎

天气渐渐凉了。村里已经传开，柴云宽原来肚子里真有货，他都被上面看中，躲在家里写一本书了。

　　真是呢，他除了去村卫生室扎针，都有很长时间没有在村里晃悠了。听说他的腰杆有些起色，他大概真在做正事了。

　　牛春枣也知道滕娜给柴云宽布置的那个工作，却并不乐观。他对丁从杰说："那可不是扎针。那个人，拿钢钎捅也不一定开得了窍。"

　　丁从杰说："至少，可以把他那靠扑克打发的日子，叫一个暂停吧？"

　　红瓦房盖起来，戏楼下面的枫树林也红了，柴云宽写诗的兴致应该发一回了，《红瓦》却是怎么也写不出来。这当然不能怪他没有才华，而是要怪没有尽快地住到那红瓦下面去。他嫌新房内部装修做得太慢。他说他卜了一卦，搬新家宜早不宜迟。

"你没给自己卜一卦？"米香兰没好气，"哪天是黄道吉日，你的新工作才可以开工？"

那几天，米香兰正在生手机的气。她本来有一个计划，儿子念高中以后咬咬牙也要买手机，母子二人各买一个。薅草锣鼓这件事毕竟还不落实，却预付一笔报酬，这等于是赊账了。她从来不喜欢这样。就是有这个钱，也应该先给父亲换一台新电视。这下好了，牛春枣不知怎么有了她的手机号码，总会在柴云宽去做针灸时发信息过来。那内容很正常，除了产业发展就是承包地入股，他变着花样把这两句话说了一遍又一遍。落名也很正常，并且只是第一次有一个"牛春枣"。当年他写情书来，每一次都落个"春枣"。

但是，他选择的这个时间，明显的是欺负柴云宽了。

米香兰知道，作为女人，她从来都是没有什么风言风语的。她只有"火把"那一个名声。那些想打她主意的男人差不多都知道她那"火把"的厉害，包括十几年前的一个驻村干部。她用不着对柴云宽说起那几个人，有一句说一句，那些人里面并没有牛春枣。她没有想到的是，牛金锁竟然也在夜里跟踪她，结果还真让她一把火点燃了。牛金锁竟然是抱过她的第二个男人，并且让柴云宽眼睁睁看见了，呸!

牛春枣不再发一个字来了，米香兰却又起了更大的气。你既然要说，为什么又不说得具体一点？产业，种养殖业还是别的什么？入股，怎么入股？

事实上，新房还没有起基，米香兰就开始着急了。村子都变得快不敢认了，她可不能再赶不上这个趟。通户道路也开建了，车就要直接开到家门口了。户与户之间的道路不可能都是等距离的，张家长李家短，听说已经惹出了很多口舌。每一段路，总不能都用戥子秤去称一称吧？要说意见，她也有呢。她并不想一条大路从牛金锁家延过来，要是从坝里绕上来，她就一点意见也没有了。

现在，村里传闻最多的却是这个牛金锁，听说他都搞起了一个花圃。谁都知道他背后有人，所以，大家说得最多的还是丁从杰。这个"老第"来村里才半年，这么多项目排着队进来了，虽说不能把功劳都记到他一个人头上，但大家都知道，好几个项目都是他在省上通过关系要来的。相比起来，滕娜就不好说了。别的不说，光一个戏楼就说了这么久，却不见一个动静。

这一类话，米香兰从前难得听到，也懒得听。现在，她见了谁都会主动打一个招呼，渐渐地，大家有什么话也要对她说了。

新房盖好以后，滕娜去成都开会顺道来过。她单位那辆黑色小车在垭口停了五分钟，然后她在红瓦房里只待了十分钟。

米香兰就在心里为滕娜抱不平。"老第"不错，但滕姐姐和她的那一班人也不错。天底下的事，并不是每一件都能够吹糠见米。村里的垃圾中转站建起来以后，滕娜在电话里说要组织全馆的人来捡小溪里的垃圾。天老爷却又抢先一步，终于下了一场大雨，把垃圾差不多都冲走了。

所以，柴云宽，你不能再给滕姐姐下巴底下支一块砖。

柴云宽被米香兰呛了一顿，赶紧表态："今天，就是黄道吉日！"

接下来，他却又唱了一腔。

思双亲无盘费难以回转，
为生计为歌郎暂且从权。

这两句是川剧《绣襦记》的唱词。这些年，米香兰想母亲的时候总会想起这一出戏。这一回，柴云宽并没有扯起喉咙来唱，米香兰权当没有听见。

柴云宽把长板凳搭在米长久床前，把笔记本和笔摆上去。然后，他在矮板凳上坐下来。他说："没有锣鼓，也能薅草吧？"

米长久坐在床上，一动不动。他的胸口那儿好像有一片庄稼地，他在等着那里面的草长出来。

"可以开场了？"

米长久说唱就唱起来。

正月里来正月正，

叫声我儿听分明。

老爹今天来教你，

教你好好去活人。

柴云宽一听，立即起身出了屋，走小路去看挖掘机了。

挖掘机从村委会那一头起步，已经钻进了离这边最近的那个山弯，就像被拦下来不准往前走，那叫声都有一点愤怒了。

柴云宽还没有走拢，碰到了牛金锁。太阳快落山了，牛金锁却穿过大路毛坯跑到小路这一头来了，就像他是管路线的。

"柴老师……"

挖掘机不歇气地叫着，却并没有把这一声叫盖住了。柴云宽还是第一次听到有人这样叫他。他们从前见了，好像谁都不认识谁。在柴云宽眼里，牛金锁不过就是一个影子，他爷爷的影子。

"你们家新房好看……"

柴云宽可没有忘记八年前那个夜晚，牛金锁为了戏楼惹火烧身。但是，米香兰毕竟被牛金锁拦腰一抱，他一想那一幕心里就冒火。这会儿，他就像刚刚消了气，也有了适合老师的口气说的话题。他说："这路虽然不宽，但是，每隔五十米，就有一个会车的地方。"

牛金锁好像再也找不到话说，掉头走了。

柴云宽一直在那儿看着挖掘机挖土，也一直在那儿想着牛金锁为什么主动和"老师"说话。他往回走的时候，腰杆好像彻底好了。

晚饭过后，一家三口都在院坝里坐着。

米长久坐在轮椅上望着星星，又说起了他出事的那个夜晚。柴云宽听他讲过无数次，这一回却多出了两句唱词。

那天夜里，星星也是这样密匝匝的。当时，他不敢顺下坡路往花田坝上走，那里有人看哨呢。他寻着一条小路上了山。山上一块开荒的坡地种了胡豆，他摸索着摘下嫩胡豆角儿，脱下外衣包起来。突然，一个人影子晃了一下，他的嘴里就溜出两句话来。

要学枸杞红到老，

莫学花椒黑良心。

这是薅草锣鼓唱词。他说他当时并没有唱，而是随口说了出来。他说不清，他是要拿这两句话为自己遮丑呢，还是壮胆。

他也说不清自己是怎么坠崖的。他害怕被抓了现行，好像脚下一虚就在一片树林里了。他看不见一颗星星，好像脚下一虚就直扑下山了。胡豆角儿从衣裳里倾泻而出，他听见了身上的力气溜走的声音。他好像喊叫了，然后迷糊了。天上的星星成了七里香，而身下那一团七里香成了星星。他悬在一团星光之上，密匝匝的花粒正从天上向他撒下来……

后来，星星的香气，七里香的亮光，总是他噩梦的一部分。

不知过了多少年，他好像才醒了回来，花是香的，星星是亮的。

米长久不望星星了，对米香兰说："你妈当年说得多好啊！她说我那是去摘星星呢……"

米香兰说："爹，我也正想我妈呢！"

米长久说："你妈在的时候，我还编过篾货。她不在了，你就什么也不准我做了。我也想做一点正事呢……"

米香兰说："这一回，我没有拦你吧？你好好起个头，我妈她会和你一起唱呢！"

轮椅轻响一声，米长久却没有说出话来。

米香兰说："我妈当年为你唱的那些歌，都装在你心里吧？"

米长久的声音突然变了："没那些歌，我怎么过那些夜……"

柴云宽坐在矮板凳上，一直勾着头，那样子就像睡着了。

一阵凉风吹过来，都有些寒意了。

矮板凳响过以后，柴云宽欠了欠身，却没有站起来。

"爹……"

柴云宽喊了一声。

"爹！"米香兰大声说，"人家喊你呢！"

"我听见了。"米长久说，"十三年没喊过我了，我记着变天账呢！"

"爹！"柴云宽说，"明天，我为你记录那账。"

米香兰说："你们可要把该算的账，一笔一笔算清！"

"那就早点睡吧。"米长久说，"这满天星星，我也看够了！"

第二天，吃过早饭，柴云宽在米长久床前坐下来。他说："爹，劳动开始！"

日出东方，天地开张。

东主兴工薅草，请了我们二位唱歌郎。

赠我们铜锣一面，花鼓一方，

锣槌一个，鼓槌一双……

"爹，"柴云宽说，"你能不能只说不唱？"

"为什么？"

"你唱起来，我记不赢。"

"那我先唱一遍，再说一遍。"

柴云宽记录下来，再念给米长久核实一遍。

二月里来百花开，

爹妈骂他不成才。

庄稼活路你不做，

游荡耍钱万不该。

柴云宽埋头记录，不吭声。

歇了气，又起身，

莫把黄土当板凳。

排起列子好一阵，

腰杆莫要老是伸。

柴云宽写字的速度渐渐快起来，腰杆却是要不时伸一伸。

"口渴了。"米长久说，"去，倒一杯水！"

柴云宽双手捧来了一杯水。他有多少年没有给岳父大人端茶递水，他自己已经理不清这一笔账了。

昨晚等妹心发呆，

烧完五背块子柴。

搬块石板来压火，

石板成灰还没来。

挖掘机已经快到门口了，那叫声却也没有把这火压住。

天气冷起来了，屋角烧起了一堆柴疙瘩火。

烘被烤衣最要紧，

能使寒气少几分。

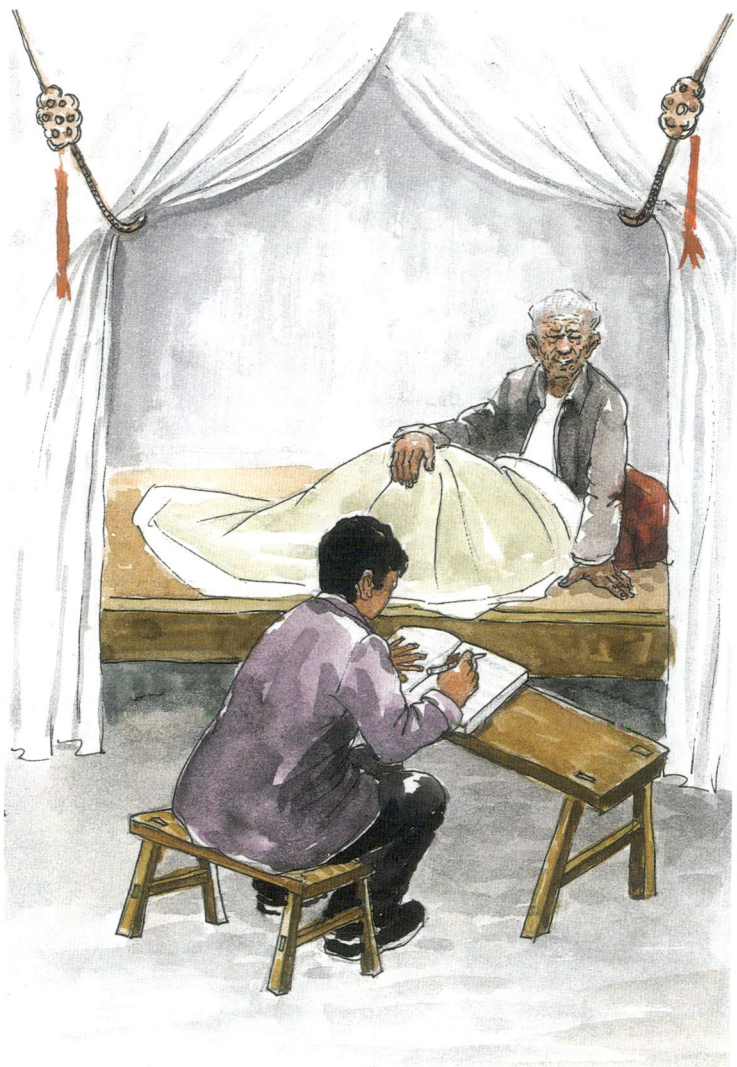

此种孝行不花本，
奈何世人不留心。

　　柴云宽立即放下笔，夸张地把轮椅往火堆跟前移了移。

　　米长久也夸张地向火堆伸出了手，然后大笑起来。

　　舞蹈干部又来村里，滕娜叫她捎来一摞笔记本。有一次，滕娜打电话来，叫柴云宽接听。手机里的声音是滕娜的，柴云宽却觉得自己的声音有些异样。他不知是因为不习惯手机，还是自己的腔调变了。那天晚上，他在笔记本上重写《红瓦》，却一气呵成。

　　文学干部也来看望了米长久和柴云宽。七个笔记本已经记满，他一口气读完一本。他说不错不错，接着干接着干。他还看了柴云宽刚写的诗，也说不错不错，并用手机拍下来，说要投给市报。

10

红鸾袄

一条水泥路通到红瓦房了。

柴云宽卜了一卦，向米香兰报了一个入住新房的好日子。腊月初八。好，依他一次。

滕娜一直牵挂着这一天，所以，米香兰提前两天就给她打了电话，并且特意提醒那天是星期五。穷家没有什么家什好搬，那天要紧的事，不过是点天然气熬腊八粥。

腊月初八，天刚亮，雪花就飘起来了。

半上午，白色小车从垭口冒出来，在村委会待了大约十分钟，钻进那个大弯却好半天不出来。滕娜这次来要住上三天，她一定是先上牛金锁家了。头天晚上，她跟米香兰通了很长的一个电话，一直说的就是牛金锁。牛金锁对丁从杰说的一切，包括胡豆和老柴疙瘩，米香兰都知道了。

丁从杰没有亲自来说那些话，滕娜却等不及见面才说，米香兰一想就明白，有些话，还是当姐姐的说出来顺口一点。

雪已经乱起来，白色小车突然就停在了家门口。

丁从杰和牛春枣先从车上下来。

滕娜却不下车。她说："你们看，香兰今天漂亮成这样，要把我比到屋角去呢。我回去了！"

米香兰不过是穿上了过年才穿的一件红花袄。她一把拽下滕娜，却把棉被和餐具礼品盒往回推，结果是只好都收下来。她在头天给丁从杰和米万山打了电话，请他们来家里喝腊八粥。米万山是长辈，没说来也没说不来，村里那些传言可能不假，他在这个班子里越来越孤立了。

牛春枣却是不请自来，还送来一个天然气烤火炉。

"这个书记官，架子大！"米长久在轮椅上指一指牛春枣，"这么多年，我连他的声音都没有听见过。这个'老第'，这个滕馆长，人家都经常来访贫问苦呢！"

"大伯，大伯！"

牛春枣急吼吼连喊两声，推起轮椅慢悠悠转了一个圆圈。接下来，他推着轮椅一边走一边说："这个通道就是好！没障碍，没障碍呢！"

滕娜把话接过去说："这个书记官，会送礼。一个烤火

炉，把我们每个人都暖和了！"

"那是气呢！"米香兰说，"没个天然气，哪来那个火！"

屋里却是已经摆上了一个大烤火炉，并且把火都生起来了。

丁从杰好像是来这儿看雪的。他最后一个进屋，对柴云宽说："我在报纸上读你的诗了！"

滕娜这才想起来，连忙从包里拿出一张市报。

"《红瓦》。"牛春枣说，"我昨天就读了。老柴，我过去是有眼不识泰山！"

柴云宽只顾得看报纸，好像没有听见牛春枣的话，却突然抬起头，朝他拱一拱手。

丁从杰要过报纸，把那首诗念了一遍。他的四川话还是那个腔调，嗓子却好像比从前更差了。

米长久说："好像改了一个字。"

柴云宽把报纸要回去看了一遍，说："爹真是好记性，我只给他念过两遍……"

米香兰说："你不看看，这是谁的爹！"

柴云宽说："你的爹，我的爹！还能是谁的爹？"

几个人都笑起来。炉火也跟着笑，哗哗哗的。

吃过腊八粥，六个人都围着一团火坐下来。滕娜拿出手机，让一家三口看她在牛金锁家拍下的大月季树。照片上只有零星的雪花，门外的雪却下大了。

这时候，丁从杰的电话叫了。他到雪地里说了一阵电话，进屋之前脱掉黑色皮衣抖了抖雪，进屋之后对牛春枣伸出两根手指打了打手势。

米香兰等丁从杰坐下来，说："一个老柴疙瘩，却开出了不同颜色的大朵朵花，逗人爱，你们说也值钱呢。我们自家山上却从来没有丢过什么，我们一家人也都没有见过它，首先要说，它不是我们家的。"

米长久把话接过去说："七里香救过我的命，倒是我们家欠七里香一笔呢！"

柴云宽又埋着头读报纸，并且抖了抖报纸，好像他的诗早就发表了意见。

丁从杰说："牛金锁要来为你们搬新家送这个礼，我建议他缓一缓。一方面是担心你们并不领他这个情，另一方面，那桩头上有他母亲的一个寄托，他可能还有一些纠结。这毕竟是两家之间的私事，我们既不能忽略牛金锁单身一人这个现实，又不能替他做了这个主。"

米香兰说："我们搬新家的时候，牛金锁把一些真相说了出来，这已经是很厚的一份礼了。一句话，他没有顺手牵羊，我们也不会夺人所爱！"

滕娜指一指米香兰，对柴云宽说："她才是义女士！"

"还有两个义士呢。"柴云宽抬起头，"昨天晚上，我们开过家庭会。"

米长久问："一个柴疙瘩，好上了天，也卖不了五万吧？"

牛春枣说："大概还不止这个价呢！"

柴云宽丢开报纸，说："昨天晚上，我提出两家各一半，却被两票对一票否决！"

牛春枣说："其实我也是这个意见，算我一票！"

"我们那是家庭会。"米长久对牛春枣说，"你这一票，既不赶时，又不合法！"

丁从杰和滕娜一齐笑起来。牛春枣笑得更响，也像柴云宽那样拱一拱手："仅供参考，仅供参考！"

米香兰的脸上却没有一点笑意。她对柴云宽说："我把昨天晚上对你说过的话，再当着各位领导的面说一遍。比一比牛金锁，人家哪一样都走到了我们前面。别说五万，就是十万一百万，我们都不要动那个心。人家一个老柴疙瘩都开出了那么多的花，我们却不能坐地等花开！"

柴云宽做了一个烤火的大动作，然后搓了搓手。他说："烤这个火，连个火钳都用不上，我还有点不习惯。我大概也是一个闲不住的命！"

"都说得好！"丁从杰对米香兰说，"姐姐，你也别只管家庭会，村里的会你也得参加。明天村上开会，你去放一把火……"

"还拿我当火把呀？"米香兰笑了，"我以为这就是开会呢！"

"这就是开会呀！"滕娜说，"香兰已经参加村上的会了！"

米长久一听开会，就坐不住了。薅草锣鼓唱词收集工作暂告一个段落，柴云宽用第二笔预支的稿费买了一台新彩电，摆进了岳父的新屋里。四十五年前的那个夜晚有了新情况，米长久在头天晚上的家庭会上已经办过总结，不能再和牛金锁记那个仇了。他不想再把那些话搬到这会上来说，也惦记着电视，就回他的新屋去了。

米香兰突然说："刚才说到顺手牵羊，这现场倒是有一位。"

丁从杰问："谁？"

"你。"米香兰说，"你从我家地里取土了，以为我不知道啊？"

牛春枣说："这个，我作证！"

米香兰忍不住笑了："家里种花吧？"

"种花。"丁从杰说，"做土质分析。"

"种月季！"牛春枣又比丁从杰急了，"沙质土，碱性土！"

丁从杰说："我刚才接了一个电话，我们花田沟，就要成为一个月季花海了！"

雪花已经大乱。屋内，丁从杰从头说起月季，却是一点不乱。

丁从杰在那山旮旯见到那棵大月季树以后，又问过柴云宽两次，"花田"两个字到底是怎么来的。柴云宽不再说《花田错》，只说花田就是种花的农田，这块坝子有可能从前种过花，或者适合种花。事实上，丁从杰和牛春枣也都这样讨论过，但还需要更多的意见来支持一个主张。两个人在电脑上搜"月季"，终于和四川同画农业科技有限公司搭上了线，就立即带上一包泥土过去洽谈，对方也派人到花田坝上考察，进而研判回马古镇的人文资源和交通优势。来来去去调研过了，上上下下洽商过了，同画公司决定在花田沟及其相邻两个村投资建设"月季博览园"。项目分为三期，花田坝是一期，一通过评审就立即开工。

"我们花田沟，资源在沉睡。"丁从杰说，"同画公司看重那棵大月季树，已经表示会以高出市场的价格收购，这可能引发'一锄头挖个金娃娃'的思想出笼，所以，明天开会，除了做项目建设动员，还要提醒大家防止这个思想，特别强调严禁滥采滥挖。刚才香兰大姐说的'坐地等花开'，也应该特别警示！"

牛春枣都兴奋得快坐不住了，结果却又为雪着急起来。他说，他从小到大还从没有见过这样的大雪，当务之急是防灾，明天的会要往后移一移。他对米香兰说："今天晚上，你们那老屋里要安排住两家人。山上搬下来的那五家人，还有两家新房没盖起来，住在窝棚里……"

"没问题。"米香兰说，"床，火，都没问题。"

丁从杰又朝牛春枣伸了伸两根手指。他给米万山打电话，对方却关了机。他和牛春枣立即起身，先分头到几个留守老人家中去。

滕娜立即打电话回去，因突降大雪，全馆人员明天全部不休周末，到花田沟村开展慰问活动。

柴云宽也突然在大雪里消失了。

滕娜说："他有一点想法，也是正常的。"

"放心。"米香兰说，"他一定是去雪中看花了。他已经说了，要跟牛金锁学嫁接呢！"

滕娜刚说了要去回马古镇接米樵回家过周末，学校却给米香兰发信息来了，因大雪，学生本周末一律不得离校。滕娜说："嘿，这孩子躲我几回了呢！"

新电视的音量突然大起来，原来正在唱川剧。滕娜和米香兰都知道那是高腔，却是过了好几句才听出来，那唱的是《穆桂英挂帅》。

米香兰说："我记得《穆桂英》是弹戏，什么时候改成高腔了？"

"新戏，天天有呢。"

滕娜走进雪里，这才想起来说，戏楼保护维修经费已经落实，已经发布公开招标公告，一开春就要开工了。

米香兰跟上去，往下看不见花田坝，往上也看不见戏楼。她说："这以后，门一开，满眼都是花，大概都看不见庄稼了，不知道心里踏实不踏实……"

滕娜说："我突然想起了川剧的一个行话，踩得烂。"

"我知道。"米香兰说，"闺门旦，刀马旦，花旦，摇旦，还有青衣，要是都能够演，那就是'踩得烂'！"

滕娜说："刚才'老第'说，公司加合作社加农户，我就想，那可要'踩得烂'才行！"

米香兰说："你一说，倒又让我想起了川剧的一个曲牌。"

"哪一个？"

"红鸾袄。"

滕娜轻轻拍打着米香兰身上的雪花，说："红鸾袄，就像这件红花袄，多美呀！"

米香兰说："当年听老师说，这个曲牌的唱段，一般都是叙事，让剧情往前走。"

滕娜问："你真是二十五年没有唱过川剧了吗？"

米香兰扭过头，老屋也连影子都看不见了。她稍停了停，才说："那一回，也下雪了……"

"这会儿，唱一腔？"

"这大雪里唱戏，要是让人听见……"

"你刚刚说了，要让剧情往前走呢！"

话音一落，滕娜就用嘴敲起了锣打起了鼓。

钗乃乃乃钗乃乃乃钗打尺打钗……

米香兰知道，这叫肉锣鼓。雪不停，那锣锣鼓鼓好像就不会停。她也轻轻拍了拍滕娜身上的雪花，不知怎么就开了口。她发现自己唱的还是《绣襦记》，还是红鸾袄。她唱得很轻，雪好像突然小了一些。

红杏花送来满院香，

孤独不觉换韶光……

11

花田

大雪下了三天，五十年不遇。那个七里香老桩头，却是在悬崖上生长了两百多年，才让人遇到。同画公司以十二万元从牛金锁手里买走了那老柴疙瘩，安置在花田坝园区，重新嫁接成了"回马月季博览园"的形象树。人物主角本来是牛金锁，但那些旮旮旯旯的故事都已经传开，大家其实都在看米香兰的戏。米香兰突然出现在村里的会场上，这等于那一棵树上突然开出了一朵更大的花，又让人看了一回稀奇。

　　腊月十五，米香兰踏雪去了八里坡，打算至少住上三天，却在第二天下午就赶了回来。公公婆婆身体都还不错，身边也不缺人照顾，从前她都是当天去当天回。这一回，她除了去提前张罗他们到红瓦房过年，除了要考验一下柴云宽，还有意要避一避大月季树那个风头。

八里坡的积雪好像比花田沟还要厚。腊月十六上午，米香兰带上两块米豆腐，去看望一个卧病在床的大妈，和她的儿媳妇说了一阵儿话。她和那妹子在几年前就熟了，两个人刚说得都落了泪，她的手机叫起来。丁从杰只说了几句话，叫她赶紧回村。

公公婆婆担心柴云宽在家又生事了，米香兰就对他们说了说花田沟眼下的情况。她说，要不了几年月，你们就可以在自家门口看花海了。

牛春枣也给米香兰打电话了。他的话好像是从丁从杰那儿学来的，并且和过去发的短信一样简洁。他说："你要带头，由此走上前台！"

"听这口气，我好像又要回头去唱戏了。"

"对，唱戏！"牛春枣说，"有人上台，就会有人下台！"

米香兰并没有听明白这句话，却让那语气吓了一跳。她赶紧说："我正点豆腐呢，豆浆潽了！"

村里并没有开了锅，更不需要点一把什么火。每亩土地有了保底收益，比种粮划算得多，并且还会逐年递增，这是一颗"定心丸"。四天以内，花田坝上的土地承包户都将经营权入了股，然后以股东的身份等着过年了。

牛金锁是第一个领到股权证的，他还把那一笔现金分出十万元变做了股金。

雪已经在融化，麦苗露出了尖。青苗不能留在地里做月季的肥料，这让米香兰到花田坝上看一回就心疼一回。这一回，她还没有走拢自家那地，突然想再去看还有什么意思，就突然转身往回走。

牛金锁却又不知从哪儿冒了出来，在后面跟了上来。

米香兰停下来，对他笑了一下："你还想跟在我身后呀？"

牛金锁也抿着厚嘴皮笑了："这是你对我说的第二句话。"

"第一句是什么？"

"你不是你爷爷！"

米香兰笑得更开了："你听，我那话说得多么正确！"

牛金锁却接上了那第二句话，说："这辈子，你往哪儿走，我就往哪儿跟！"

米香兰这才看出来，牛金锁这个人并不丑。他要是早把头发理成这样，并且穿这种格式的衣裳，说不定早就不是单身了。他的话原来也会这样多，米香兰就把他打断了："你想说的话，我知道，大家都知道。过去的事，不许再提！"

"我听你的……"

米香兰立即说起了大事。她说，她这次在八里坡特意去见了一个女人。她说，那女人的男人在去外省打工的路上出了车祸，都死了四年了。她说，那女人还没有生养，头上却有一个婆婆，而婆婆长年卧病在床，所以，那女人再嫁只有一个条件，就是娶她的人必须一并接走她的婆婆，并且养老送终。她说，那女人三十出头，姿色出众。她说："我刚才说了这么多，你就把它当成一句话来听，那就是，你有没有那个意……"

牛金锁不等她说完，又说："我听你的！"

米香兰本来要趁热打铁再去一趟八里坡，父亲却突然生了病，一家人的春节都是在县上医院过的，出院回来的时候村里早已经热闹开了。同画公司要先在花田坝上做一个形象工程，在短时间内让月季开起来，而秋末冬初已经错过，这就需要抢在早春完成扦插。青苗清理掉了，然后边沟机开进来。土地用干燥的农家肥改良了，然后大卡车开进来。大卡车运来了月季枝条，然后村里村外务工的人涌上来。

米香兰一落屋，什么也顾不上，赶紧去了一趟八里坡。白玉兰树开花的时候，丁从杰开车领着村里的几辆私家车，把那女人给牛金锁接了回来，当然还有她那永远的婆婆。米香兰做了第一回娶亲娘子，也吃了第一顿喜酒。牛金锁好福气，媳妇有了，母亲也有了。

红瓦房前面已经种下了两棵罗汉松，还摆上了两个小桩头月季树盆景。这都是牛金锁送来谢媒的。牛金锁还把老屋前面那一株火棘移进了一个紫砂盆，又送来了一个火棘盆景配成对儿。每天清晨，米香兰早早起来，先看看自家那些花木的影子，然后，等着花田坝上的月季一点一点闪烁起来。

太阳在山顶一露脸，大片月季就像平躺一夜的霞光起身相迎，眼看就要从脚下飘起来。那最先浮上来的香气，却好像又要让人回到梦中。米香兰差不多每天都要确定一下这不是梦，时常会想，一年以前，她就是大着胆子编上一折戏，怎么也想象不到有人会来搭这个台，布这个景。

园区大门气派而别致，靠近大门有了几幢钢材加玻璃的建筑。米香兰从家门口望过去，石拱桥好像已经关进那玻璃房了。布谷叫起来的时候，她才第一次去看那个七里香老柴疙瘩，它在那大门里面最显眼的地方，被一堆奇形怪状的石头拱卫着，绽开的月季已经达到了一百二十个品种。

小溪边上正在建设木质步道，还有凉亭。低矮的路灯先栽上了，在夜里望过去就像照亮的大花月季。

老屋就在跟前，不仅没有拆除，还由"尺子拐"变成"撮箕口"了。

两家人在大雪天住进了老屋，开春以后都还一时搬不出去。柴云宽原本有一个计划，老屋拆除复垦以后，要在那儿建一个花圃，并且把名字都想好了，叫"十二朵花开"。谁曾想到，同画公司看中了这土墙房子，要买下它做一个"民俗风情园"。母亲当年修这房子的目标就是"撮箕口"，所以，米香兰二话没说就同意了。

"十二朵花开"，这个名字只好送给牛金锁了。柴云宽向同画公司建议，将原定的"回马月季博览园"更名为"十二万花开"。同画公司不仅接受了他的建议，还聘请他做了"十二万花开"文创中心干事，年薪五万。

同画公司给老屋开的价是十万元，这却让米香兰觉得帽子大过了一尺。

这一笔钱，好像又变成了那个老柴疙瘩，让她拈不起拿不动了。

这一回，米长久站到了柴云宽一边，一起反对米香兰拒绝卖老屋的钱。

滕娜在电话里并没有听懂米香兰的想法，她不知道是不是有什么政策红线不能碰，只好叫她去找丁从杰和牛春枣。

牛春枣才听了几句，就插了一句气话："我总算明白了，你上辈子和钱有仇，这辈子怕钱咬手！"

米香兰也起了气："你干脆说，我是刺巴林里的斑鸠，

不知春秋！"

丁从杰默念了一阵政策，对米香兰说："你不要或者少要这个钱，企业就占便宜了。你说卖老屋这个钱正好和建新房那个钱相等，但你不能把建房补助金给退了。你当然不能同时占有两块宅基地，但是，你建新房占用的是自家的自留地，老屋复垦以后也是要做自留地的，所以它应该是有产出的。老屋卖出的这个十万元，就是复垦的自留地的一次性产出，所以，你拿这个钱，不会错！"

米香兰说："我爹这次住院，费用全都是政府出的。我儿子上学，也是政府管着的。现在我们在公司有了股份，那收入在心里是有底的，何况柴云宽又有了一份工资。我还有一双手呢！扦插、喷淋、施肥、除草、修枝，还有嫁接，哪一样会难得到我？我这个心算能力，算了两天，也还是把这个账算不下来。我总觉得这个十万元里面，有个什么小九九……"

牛春枣在一把木椅上扭过来扭过去，突然用脑袋砸了一下墙，"咚"一声响。

米香兰差点跳起来："你什么意思？"

牛春枣说："村里有人见钱眼开，见油水就沾，没有把我气死，那是我的命大！现在你再来对比一下，你到底还让我活不活啊！"

丁从杰好像要爱惜他的嗓子，不吭声了。

米香兰不再理牛春枣。她想了一阵，对丁从杰说："我知道，你没有能够把那座平桥改成石拱桥，一直耿耿于怀。十万元可能修不了石拱桥，不过，我们大家都去同画公司争取一下，人家让我这一带动，说不定会把缺口补上……"

结果却是，同画公司决定出资建一座石拱桥，不过是在花田坝中段跨过小溪，并且谢绝米香兰出资。如果她不接受民俗风情园方案，那么，希望老屋尽快拆除，因为那是景区惹眼部位，应该尽快和大环境协调起来。

事实上，同画公司上下都知道那棵形象树有米香兰的影子，现在她来让这个利，好像带来了一股月季之外的美好气息。同画公司对她也有一个请求，聘请她出任"十二万花开"后勤部部长。

米香兰也谢绝了。

这么多年，米香兰才突然觉得有点累了。土地不在自己手上了，这让她常常大半夜睡不着。她当然不能靠着居高临下赏花过一辈子。但是，父亲更老了并且病更多了，儿子也要上高中了，她正好腾出手来，料理父亲的晚年和儿子的前途。

民俗风情园施工队伍是从外面来的，他们用卡车拉来了钢材、水泥和砖，还有杂七杂八的材料。他们给老土墙注入了粘合剂，给新修的两个房间筑了几段新土墙，并在所有的房间布置了钢材。屋内的装修却更加费劲，"泥地"好像还是原来的，却已经硬化过了。米香兰尽管天天都推着父亲过去看，完工以后她还是大吃一惊，那"撮箕口"好像一直就在那儿，根本看不出一点相加的痕迹。

那房子既像是自家的，又像是人家的。

那留下来的犁头、耙、锄头、背篼、背架子、连枷、草帽、雨帽、棕衫、镰刀，还有灶头、石头水缸和案板等，都是自家的。那犁头，却不知是她用过的第几把。她第一回耕田时，一边打牛一边大哭，米万山从田埂上过路看见了，二话不说就下了水田，教了她好一阵，成了她耕田的师傅。她一直记着这个情，但不知为什么，"万山爷"现在见了她爱理不理，好像她已经忘恩负义了。

石磨是从村里盘来的，她却想不起来在哪儿见过。

石碾来得更不容易，差点把水泥路压烂了。

她见了碓窝，才想起来世上还有过这个家什。

一堆柴疙瘩，却并没有布置在柴云宽从前烤火的那个屋角。

柴云宽已经有了手机，并且正在学习电脑。他成天和一帮大学生混在一起，说起话来都有点让米香兰跟不上趟了。

他说，可不要小看老屋那一改，那可是实现了若干个对话。

青瓦房和红瓦房，那是执着与诉求的对话。

泥墙和钢材，那是柔韧与刚烈的对话。

"尺子拐"和"撮箕口"，那是故事和续篇的对话。

石碾和月季，那是沉重和轻盈的对话……

柴云宽却没有说，还有母亲和女儿的对话。

米樵考入市上一所老牌著名中学读高中了。村里有传言说那全靠滕娜出力，米香兰假装没有听见。她没有把那十万元入股，而是为米樵存了起来，那么，还有了奶奶和孙子的对话。

米香兰又梦见母亲了。

母亲从来没有在梦里出来唱过川剧。这一回，母亲开唱了。但是，米香兰还没有听清她唱的是哪一出，就醒了。

12

高腔

新石拱桥起基的时候，戏楼保护维修工程已经接近尾声。"乐楼"的老牌子早就不知去了哪儿，只好把一块新牌子做旧了，挂了出来。

柴云宽却也有了新情况，他不想在那文创中心干下去了。他肚子里的那点墨水，怎么赶得上人家大学生，他的压力一天比一天大。他根据月季需要薅草这个实际，建议成立薅草锣鼓艺术团，并且得到了滕娜的支持，却没有得到公司的回应。民俗风情园归文创中心管理，他主动申请到那里去工作。他自称"园长"，手下却没有一个员工。他逢人便说，我的生活虽然还在原地，却并不在原地。

米香兰对他的这个状态，依然是满意的，何况他开始有一搭没一搭地看书了。那些大学生送给他一些书，包括卜卦的书。他有时候坐在磨盘上看书，有时候靠在石碾上看书。他更多的时候是跑得没了影子，米香兰也不会过去替他值班。那些赏花买花的人来看看碓窝什么的，并不需要谁来介绍。

米樵入读高中不久，柴云宽却是连"园长"也不想当了。他对米香兰说："我可不想做一个靶子！"

原来，有人往上面写匿名信，把牛春枣和丁从杰一起告了，同时还捎上了米香兰。大致是说，牛春枣兼任合作社社长以后，和在村里投资的企业串通一气，拿村上的资源做交易，为他的初恋情人谋取巨额利益。而这一切，都得到了丁从杰的暗中支持。

米香兰好一阵才回过神来。没错，这儿是花田沟村，从前的拱桥沟村或者前进大队。

柴云宽说："这件事，也不是空穴来风！"

"什么意思？"

"我听公司里的人说，如果没有村上的提议，人家一时半会儿还想不到老屋这儿来呢。"

米香兰拿起手机，却又放下来。

"上面已经来人了。"柴云宽说，"听说'老第'单位的头头又要来了！"

一连几天，小车在村里进进出出，也不知道哪些是私车哪些是公车，哪些坐的老板哪些坐的领导。园区开始筹备迎"国庆"了，米香兰在早上看见月季扎成了球形，在傍晚却又看见月季扎成了柱形。晚上，她把月季干花泡进水里，给父亲浴一次脚，然后，她也给自己浴一次脚。

柴云宽回来说，查过了查过了，纯属诬告！

乐楼从远处看过去变化不大，枫树林也刚有了一抹浅红，花田坝上却好像是每天都有一茬鲜色，每天都有一股新气。门前小坡上的路成了园区的一部分，已经仿照着古驿道做成了新路，并且安设了木质栏杆。米香兰被一阵凉风唤出了屋，从那新路上下来，顺着一条鹅卵石小路走到了小溪边上。

丁从杰就像和她约过一样，正从木质栈道上迎面走过来。

米香兰听了几句，就把他打断了："你这嗓子，要放在剧团里，早就进大医院了。你将来做了大官，嗓子不好使，怎么去讲个大话？这月季香气听说养肺，还养颜，但你就是每天吸上十二万口，也养不好你的嗓子。所以，你赶紧把这山沟放下，立即回大城市去治你这病！"

丁从杰却好像要节约嗓音一样，只管往下说："企业行为，亏本生意。这就是那些结论的结论。"

"谁亏本了？"

"你。"丁从杰说，"你当时应该喊价二十万！"

米香兰不管这是真是假，都当成笑话听了。她并不想知道是谁写了那匿名信。她关心的是，当初是不是真有人去公司疏通过？如果有，是谁？

"我。"丁从杰说，"始作俑者，却是我们的滕姐姐！"

"就是说，冤枉牛了？"

"当然也少不了他。"

滕娜是民俗文化专家，她的这个动议不过是想让米香兰的家产先变一点现金，为米香兰出任村委会主任铺路。

傍晚的凉风从每一朵月季里吹出来，那香气也有点凉丝丝的。米香兰微微打了个战，说："什么时候有了这一出？"

事实上，丁从杰在春天就有了这个动议，却遭到了镇上一个领导反对。他说："现在，你恐怕也知道了，他胆敢向扶贫资金伸手，出事了！"

那个人在十几年前是花田沟驻村干部，米香兰都不愿意提起他的名字。她说："他早就该出事了！"

丁从杰看见柴云宽和牛金锁朝这边走过来，抬头看看天色，然后朝他们挥一挥手，说走就走了。

牛金锁是来向米香兰表功的。他不知有了什么新本事，把写匿名信的人查了出来。那信是柴云宽从前的一个扑克搭子写的，却又是米万山授意的。牛金锁说："我要真上山去寻一点鸟粪，堵一堵他的嘴了！"

米香兰说："你这个觉悟，赶得上我去烧戏楼那阵儿了！"

"那个，我没看见。"牛金锁立即就把话说乱了，"我不知道，那个。九年了，只有我们三个人，知道……"

米香兰催牛金锁赶紧回家："你可要把从前耽搁了的好日子，都过出来！"

天黑还早，米香兰正要往回走，柴云宽却站着不动。小溪已经看不到一点垃圾，水声好像比从前大了一些。木质栈道上有人走过，凉亭里也有人，却都陌生。米香兰好像不好意思学着人家双双散步，就走进一个凉亭，索性坐了下来。

柴云宽在她对面坐下来，说："那么多人为你搭台，你至少要唱一个帮腔吧？"

"什么？"

柴云宽四下看看，说："听说，'老第'单位的头头这一次来，对他的工作都还满意，却认为他没有带出一个好班子。这等于，他唱了一出高腔，就这一句唱低了……"

"谁不知道，他和牛春枣好得像一个人。听说，'老第'快要回去了，牛春枣都像要病了一样……"

"还不是你那个万山爷，把一锅饭掺稀了。"

米香兰说："村里在外打工的，已经回来好几个，他们都是带着一身功夫回来的，正好上这个台。"

"谁？"柴云宽说，"你掰起指头盘点一下，谁比你更合适？你再把那些没回来的，都加上……"

米香兰细想一阵，却没有说出一个字来。

柴云宽说："'老第'帮我们那么多，我们要倒过来帮他一把！"

国庆节放了假，米樵坐滕娜的车回家来。车的后备厢里装满了书，《川北薅草锣鼓新辑》正式出版。同画公司已经采纳了柴云宽的建议，成立了薅草锣鼓艺术团，聘请滕娜和柴云宽任艺术顾问。柴云宽上午就到镇上去参加启动活动了，滕娜也要急着赶过去。

车窗降下来，滕娜在车上对米香兰说："好多话，我都在电话里说过了。你不是要唱一个帮腔，而是要唱一个高腔！"

那天晚上，米香兰一边让父亲浴脚，一边陪父亲说话。父亲一直把那本书拿在手上。他大病一场以后，话比从前少了，就连说到了母亲，他的话也不多。月季干花泡的热水凉了，换上一盆，又凉了。

然后，米香兰和儿子说了一阵儿话。滕娜已经夸过米樵帅得不能再帅，说不定将来要当演艺明星呢。

"儿子，我对你说过，你奶奶她爱看戏。"

"妈，你不是要重返舞台吧？"

"我可能要当村长了。"

"那叫村委会主任吧？"

"哦，对！你支持？"

"我没有选举权。"米樵说，"不过，我对你当选有信心！"

米香兰的眼里有了泪花花，回到开头的话上说："你奶奶她喜欢看戏，所以，我想把卖老屋的那个钱捐出来，为村上那座戏楼建立一个保护维修基金。你爷爷也支持……"

"妈！"米樵却笑起来，"你总觉得那个钱路不正，那都成了你的心病了，你赶紧把它打发了吧。不过，你最好不要在选举以前去捐，免得人家认为你是在收买人心！"

米香兰抹了一把眼睛，说："你不担心上学没钱吧？"

"现在这样一个大环境，我还会失学吗？"米樵在书桌后朝她挥挥手，"我以后给你挣下一千万，挣下一个亿，我们再来讨论这件事，想想吧，它有多小啊……"

这天晚上，米香兰第一次主动给牛春枣打了一个电话，说了半个小时。然后，她给丁从杰打了一个电话，却不忍心费他的嗓子，说了不到一分钟。

国庆节一过，米香兰高票当选花田沟村村委会主任。候选人有三名，另两名都是从外面打工回来的。

牛春枣请米香兰讲几句话。

米香兰走上台的时候，大概只有柴云宽能够看出来，她身上还有当年上戏台时的影子。

她在台上站定了，说："我十几岁的时候就有了一个外号，火把！这个外号，你们还可以接着喊下去！"

会场上"哄"一声笑开了。

她却没有笑。她等大家笑过了，接着说："我们花田沟，很多人都知道，春枣书记当年追过我。我在这儿丢一句狠话，从今往后，谁要是拿这件事来说笑话说怪话，来蹚浑水泼污水，来给村两委工作出题目使绊子，不管他今天在场不在场，哪怕他救过我的命，我都绝不饶他！我们花田沟的村风，就从这儿又开一个好头！"

会场上鸦雀无声。丁从杰好像要咳一声，却忍住了。

最后，米香兰把声调降下来："我原来把地里的庄稼种成什么样子，我就会把村主任当成什么样子！这可能有一点难，但我请大家监督！"

丁从杰一带头，会场上就掌声一片。

建立乐楼保护维修基金不再有人提出异议，却有一些程序要走，米香兰把那一堆麻烦事都交给了柴云宽。

两个月下来，米香兰瘦了，但谁都说她年轻了。

丁从杰在花田沟村的工作已经提前通过考核验收，春节以后，他的办公室将在成都某一幢大楼里了。他说他回去以后会先去治疗嗓子，大家就不好在这个时候把他往回赶。他说，他会带着夫人和孩子来赏月季，在牛春枣家过春节。

滕娜联络市川剧团和薅草锣鼓艺术团，策划了一台登上乐楼的春节慰问演出，时间定在腊月二十六的上午。她的心意谁都明白，一方面是送文化下乡，一方面是送丁从杰返程。她还根据惯例有了一个创意，邀请米香兰和柴云宽登台演唱一个川剧选段。

柴云宽连连拱手："求饶求饶！我现在是你亲自培养的唱歌郎，我出薅草锣鼓节目！"

滕娜不等米香兰拒绝，说："我为你坐统子！"

米香兰将要演唱的是新编川剧高腔《穆桂英挂帅》选段。滕娜从市川剧团请来一个老师，她们三个人在民俗风情园排练了一次，连柴云宽都不准去听。滕娜没有带行头来，她打的是肉锣鼓。

腊月十八，丁从杰突然从村里消失了。他的手机是开着的，但牛春枣和米香兰轮番拨打，他就是不接听。

过了几个小时，两个人都收到了他发来的信息："回成都了。嗓子不能说话。别打电话到我的单位，别打电话给我的家人。我会发信息给你们。"

腊月十九，两个人又收到他发来的信息："手术。不要打听医院，更不准来探视。如无意外，我会赶回村里看演出。腊月二十六上午，乐楼前面见！"

然后，那手机就一直关着了。

牛春枣和米香兰商量，一切都听"老第"的。但是，在接下来的七天里，他们不是在等一个人，不是在等一个消息，而是在等一个嗓子，等一声笑或者一声哭……

乐楼已经被各种颜色的月季装扮起来，文化广场也被大大小小的月季盆景包围了。

腊月二十六，薅草锣鼓艺术团两个年轻人开车把米长久接到乐楼前面的文化广场，已经快十点了。柴云宽的父亲母亲早几天就被接到了花田沟，他们早就到了那儿，正和牛金锁的大肚子媳妇摆龙门阵。场子里已经坐满了人。

电视台的记者也来了。他们架起了摄像机，等着十点开演。

时间到了，丁从杰不仅不见影子，而且手机还是打不通。牛春枣一直走来走去，那着急的样子好像要随时动身步行到成都去。

滕娜一直和米香兰在一起，她们都不停地向垭口张望。滕娜终于说："不再等了，开始！"

米香兰的节目是压轴戏，但她没有化戏妆，也不会穿戏服。事实上，没有几个人知道她会登台。她穿了一件崭新的大红毛衣，倒是格外引人注目。

薅草锣鼓艺术团的歌舞表演《月月薅草月月红》出场了。主持人一报出米长久和柴云宽两个作者的名字，场子里就更加热闹了。

薅草莫薅簸箕圈，

十人见了九人嫌。

薅草要薅风扫地，

地里庄稼才争气。

薅草要薅米筛花，

十人见了九人夸……

牛春枣在场外一直望着垭口，一个节目也没有看。

滕娜和米香兰登上了乐楼，很多人以为她们要讲话了。滕娜却坐到了司鼓席上，早先上台的四个下手在她旁边坐下来，几个帮腔站立在一旁。

喽壮喽壮，丑！壮拱壮拱壮，丑……

锣鼓响起来。主持人走出来说，下一个节目，请欣赏花田沟村村委会主任米香兰女士演唱川剧高腔《穆桂英挂帅》选段！

掌声立即响成一片。但是，大红毛衣从后台闪出，却又闪回到了后台。

滕娜已经明白了米香兰的手势，她也对四个下手改变了手势。

壮拱丑拱壮拱丑拱，壮拱拱拱丑拱拱拱……

川剧锣鼓长槌就这样一直敲打着。场子里有人起身朝台上看，以为米香兰怯场了，就一再鼓掌为她加油。

牛春枣也看着台上。他刚刚明白过来，一辆红色小车已经在小停车场停下了。

场子里的人都掉过头去看那辆红色小车。

车上先下来一个男孩，五六岁的样子。

接着，车上下来一个年轻漂亮的女人，抱着一个孩子。那孩子显然还不会走路。

最后下来的是丁从杰。他的脖子上严严实实围着一条大围巾，就连牛春枣都差点一时没有认出他。

滕娜在台上手势一变，锣鼓立即就变了。

喽壮喽壮，丑！壮拱壮拱壮，丑……

米香兰终于出场了，从后台走上了前台。

适才间金鼓鸣领兵演阵，

令旗传挂战袍壮志凌云。

正当年桃花马上威风凛凛，

一腔高唤天地惊！

滕娜显然被米香兰临场超水平的发挥打动了，挥舞一下鼓扦，跟着场子里的人叫了一声："好！"

丁从杰已经走到了观众中间。他等米香兰在台上一转身，就把手指放进嘴里，打了一声长长的口哨。那又高又亮的哨音，好像走了很远的路，拐一个弯儿，再拐一个弯儿，最后不知是躺在了山沟，还是翻过了山顶……